真正恰到好处的幸福不是惊天动地的事，
而是懂得发现生命中的小美好。

安子◎著

看得见的幸福 未必恰到好处

中国致公出版社
China Zhigong Press

序言

很长一段时间，我在微信上的签名是：咖啡/凉白开/诗和远方。

以前，我喜欢喝碳酸饮料，特别喜欢冷饮。冰雪碧倒进玻璃杯里，杯壁的小气泡引人入胜。橙汁也是这样，黄澄澄的颜色明亮、清爽，尽显纯色的魅力。现在，对于追求极简生活的我来说，气泡和黄色还是多了点什么，甚至口感甜润也是多余的。

在咖啡馆，点了咖啡，我会再要杯凉白开。喝几口凉白开，唇洁齿净，更便于品尝咖啡。咖啡无论如何都不能被当作一种单纯的饮料，否则太浪费了。咖啡具有“带入感”，是进入精神生活的媒介。品尝一杯咖啡，就像是看一场演出，听一首歌曲，享受一趟旅行，或者做一次催眠治疗。我对喜欢的事情如此投入，乃至于对咖啡有一种虔诚的情怀。当服务员将咖啡端过来的时候，我必端坐、含笑，谦卑相迎。当咖啡轻轻放到桌子上的时候，我会用我的右手的中指在桌子上轻磕几下，以示感谢。然后呢，将咖啡杯、碟调整到桌面上合适的地方，通常是书的左边，带笔记本电脑的时候会放在笔记本的右上方。万物各归其位，便更加赏心悦目了。

我最喜欢喝的莫过于拿铁及其变种，一杯摩卡或将我带往也门红海边，或带回十五世纪垄断了咖啡贸易的摩卡小镇。岂止于此，一杯摩卡细腻的奶沫，浓醇的咖啡汁，使我仿如置身于洒满霞光的沙滩。一杯咖啡，也就由几十颗豆子演绎而成，却给人宽阔如海、辽远如漠的感觉。每一颗咖啡豆，都是旅人的绿洲，或是受困灵魂的诺亚方舟么？我喜欢的思想家，塞涅卡、爱默生、卢梭、罗素、梭罗、蒙田、叔本华、尼采、阿兰，他们经常在哪些咖啡馆喝咖啡，用哪种咖啡杯，常喝哪些咖啡呢？他们喝咖啡时争论了什么，达成了什么共识，是否也有过不欢而散、孤独和沮丧的时候？他们的某些忧伤的文字，浸润过咖啡的苦味么？

整理这本书稿时，去得最多的是盐田区香径南街一号的读海书吧。有一天我去得早了点，读海书吧还未开门，便去街对面的一家原味米粉店吃早点。这家店是几个年轻人开的，非常干净，食材有保障。香菇的香味确是香菇的香味，那里的炒饭和猪肝粥特别好吃。但我今早想换个口味，吃了碗猪肝汤米粉，八块钱一碗。他家炸油条的是位胖小伙子，特别憨厚老实可爱的那种，炸的油条两块钱一根，味道是少见的好。这么美味的早餐加起来只需十块钱，在物价领跑全国的深圳，真是有一种“赚到了”的感觉。

当我心情欢畅的时候，我就想，幸好这个世界上还有咖啡。其实，当我心情沉郁的时候，我也是这样想，幸好这个世界上还有咖啡。我喜欢默默地端详一杯咖啡，感觉到咖啡里总有一片辽阔的海陪伴着我，带给我安稳和舒爽。

喜欢咖啡带给人的缓慢、从容、沉静、温暖，喜欢凉白开的透明、纯澈、清爽、洁净、淡然。年轻的时候，我们爱热闹，爱色彩，爱千姿百态，爱千滋百味。当我将咖啡喝得只青睐摩卡，将饮料精挑到只剩下凉白开的时候，我忽然觉得自己好厉害。这世界上的所谓“绝配”，需要时光来帮助筛选和沉淀，就像肯德基和麦当劳，就像油条和豆浆，就像热干面和面窝，就像咖啡和凉白开，就像缘分到来时的你和我。

你以为我喝的是咖啡吗？不是，是自己的人生。咖啡只是触媒而已。我品尝的咖啡不是咖啡，而是骨子里的淳朴依然与初心未改。生活再不堪，再凌乱，再堕落，我仍然有自己所信仰、所坚持、所看重的东西，这就够了。一杯咖啡和一杯凉白开就可以是我的诗意阑珊，就可以是我的史记和江山，有谁比我更富足？

大部分人都是“燕雀”，无须立下“鸿鹄之志”。大部分人要的只是安稳的“小生活”，不愿意拿尊严和健康去换钱。每个人都有自己的日常，在每天的单调与重复中能打理好自己的日常，并从中享受到助人自助的快乐、爱人自爱的愉悦、推己及人的心安，便无所求了。大部分人对现实生活不满，觉得社会不公平，是因为他们的眼光还不够开阔，也不够慈悲。高估了别人家的生活，轻贱了自个儿的日常，这是人的通病。没有自己的生活主张，寻不见自己的心路，这样的灵魂是不能得救的。心安才是喜乐。只有将心大大方方、洒洒脱脱地安放在你的日常中，生活中的喜乐才随处可见、俯仰皆是。

有点小钱，没有大病，只要时间自由，我就感觉到生活对于我而言，真是美得不成样子。在我的眼里什么都是金子，因为万事、万物、万众都闪耀着迷人的光辉。实话说，我自恋！我常常想：我是曾经有多少外在的丰富才能回归到我内在的单纯？心情好的时候，我都能感觉到自己不大好意思，因为看到的所有东西全都那么赏心悦目，多盯几秒钟都会觉得自己怎么能这么“色”！

“活着的目的是什么？我们需要什么样的生活？”

在一次生活质量分析课上，一位学员这样回答我：“生活的目的是幸福，我们需要幸福的生活，特别是主观幸福感、内心的丰盈感和现世的安全感。”

这样的答案我不能全然赞成。

第一，关于所谓的“主观幸福感”。将幸福当作人生唯一目标来追求，有失偏颇。人生的内容实在太丰富，有关幸福的体验只是其中一种，生活质量取决于各种因素的平衡与取舍。人生如果没有悲喜，爱情如果没有离合，生活如果没有顺逆，生命的体验是不完整的。

年轻人将对幸福的追求看得重一点是个必不可少的过程，但切记：自感舒适的生活最幸福，而别人的幸福未必适合你，表面上光鲜未必真幸福，看得见的幸福未必恰到好处。亦且，随着年龄的增长，终有一天他们会发现，平和比幸福重要，安详比欢乐重要，从容比激情重要。

第二，关于所谓的“内心的丰盈感”。作为一名心理咨询师，我时常以“自由书写”或“悠闲独处”的方式作自我心理剖析，或者深入过各色人等的内心世界，包括在校生和毕业多年的大学生。对内心世界作较为深人的探索是必要的，但凡事需适可而止。如果不是为了做专业研究，就未必要掉进“心理黑洞”里。沉湎于内心世界自恋自嗨，与自怨自艾一样有害无益。大彻大悟之人世上少有，身心灵的探索是一条不归路，拿毕生的精力豪赌内心的成长，而竟然忘记享受生活，近乎本末倒置。

人就是活到死都会有心理问题，在内心世界里再怎么挖也挖不出完美的金娃娃。哪有什么“内心的小孩”，每个人都是“巨婴”。特别是年轻人，上帝以给你“出难题”的形式促进你思考和成长，多数所谓“心理问题”是青春期成长的自然反应，有的只不过是荷尔蒙在闹情绪，绝大多数会不治自愈。

第三，关于所谓的“现世的安全感”。任何人对自己的出生都没办法发表意见，父母没征求过我们的意见，我们也不会征求孩子的意见。现世安全也好，不安全也好，你总归还是来了。人是以水为主的蛋白体，钱赚得再多，官当得再大，都不会加增生命的长度，死后同样是十来斤重的骸骨一堆。亿万蝌蚪中游得较快的一只而已，一个基因就决定了人生走势的大概。安全几十年，不安全也几十年，谁也没必要将自己太当回事。将自己太当回事的人，活在世间注定只是个笑话。

现世的安全感，在以竞争为常态的经济社会中，无非是一定的物质保障和人脉关系，年轻人毫无疑问要奋起去追。最能给人带来安全感的，其一，勇毅与本领，要坚信“学好数理化，走遍天下都不怕”。其二，大度与洒脱，要自信“此处不留爷，自有留爷处”。什么事都没必要“紧”着，关系也是这样。你习惯了要，就怕别人不给。你把别人看得太重，别人的“势”就会压着你。所谓“不安全感”，不少是自己惯出来的。大度的意思是不要计较，洒脱的意思是要看淡。

大度与洒脱，源自乐观的心态和积极的生活态度，源自对不如意的体谅和不完美的接纳，源自对既有之物的感恩和对社会进步的耐心。进到同一个餐馆吃饭的人，搭乘同一辆公汽的人，只要年龄、职业、见识、学历、经历不同，就不可能指望大家都有整齐划一的操行和与你一模一样的想法。

每个人的修养都有一个过程，群体、民族、阶层、国家、社会都是这个道理。进步是有阶梯、分阶段的，没有什么时候是最好的，也没有什么时候你可以武断地说“进化已完成”。成长也是这样，是毕生的事业。你看这个世界若是不舒服了，那是你的心还不够宽，还不够慈。

是为序。

安子

目录

2 自爱

除非自毁，任何人毁不了你

3 友谊

是良师益友，更是严师诤友

4 欲望

只要你要，就有机会受辱

5 强大

真正强大的人经得起各种失去

6 恐惧

越是恐惧，越要温柔待己

7 怨恨

用爱与谦卑浇灭怒火

14 内在

刻骨铭心又如何，不如忘却

15 幸福

远在天边，近在眼前

16 美好

所有的美好都饱藏泪水

1 生活

有没有自己的生活

多么希望，有一个门口，早晨，阳光照在草上。我们站着，扶着自己的门窗，门很低，但太阳是明亮的。草在结它的种子，风在摇它的叶子，我们站着，不说话，就十分美好。不过，生活中总会有些时候心灰意冷，浑身无力。还好，并不时常这样。米兰·昆德拉说过："生活是一种沉重的恒久的努力。"生活有沉重的一面，另一面应该是轻快，轻快应当是人生的正面。快意人生，这便是所有人都应该追求，而且也是可以追求到手的。生活中有美好，美好也须臾离不开生活。人生无多，美好很短暂，生活却是世世代代的事情。

有生活没质量

买了一屋东西，没几件用得上的。买了一柜子衣服，没一件穿得出去。有生活没质量就是这种沮丧。世界上好东西很多，严挑细选的话也不多。所以还是冷静冷静，先分辨了是否是自己真正想要的再去追求。

什么是生活质量？好的生活质量，简单的理解就是找到一个最适合自己的环境，如鱼得水，如鸟在林，经常有一种舒适感、欣快感。

放眼四周，“有生活没质量”的人多的是。为什么会这样，我认为是他们精神生活在日常生活中的占比不够。有些人所谓的舒适感、欣快感纯粹来源于物质生活。而物质生活，通常处于最基本的人生需求。即使你家财万贯，富可敌国，若缺少精神支撑，就好像“有铜臭而无花香”，令人遗憾。

我很想说：纯然的物质生活使人零碎，而唯有补上适量的精神生活才使人完整。

创造了好的生活条件只能说成功了一半，成功的另一半是“把生活过好”。而要把生活过好，必须适量添加精神生活。很多富人家里经常发生争吵，本可过得好端端的日子却被过成一团糟，正是由于他们不知道：物质生活是没有黏性的，只有精神生活才是僵硬、琐碎生活的润滑剂，是维持恬静、安稳生活的膏油。

你也想了解一下自己是否注重精神生活或内在品质吗？测量自己精神生活是否丰富的方法极其简单：如果你独处时也能怡人自得，那就是精神生活比较丰富。独处时你若是感到寂寞空虚，那就是精神生活还比较贫瘠。

允许反悔

“嗯。”“行。”“OK。”将自己卷入旁人的漩涡特别容易，对他人的恳求，只需要这样一个字。不是说助人为乐不好，而是说时间就这样被一块一块地搬移、切削，剩下来能留给自己的没有多少。允诺要掌握好底线，求人也要掂量掂量会给别人添多大的麻烦。

“人到底该不该失信于人，或者使爱你的人失望?”有人可能会说，这问题提得太没技术含量，没道德水平了吧?

但我想说：生活并不总是很讲道理，人也应当允许自己有不怎么讲道理的时候。

进一步说，人可以有承诺，但也应允许因应心情的变化撤回承诺。有承诺，有反悔，这才是真正轻松自在的生活，生活之丰富性也即在此。不经烦忧，那有恬淡？不滤去烦忧，哪能尝到生活的甘甜?

人际交往也是这样，若世界都事事遂愿，那也不能称其为“大千世界”。正是各式各样的人，才使生活更耐人寻味。

人们在日常生活中感受到的隔阂与不爽，主要是由人与人的距离造成的。极端的距离，如特别近或特别远都不太影响人的生活与心情，那些说远也不算远说近也不算近的人最影响我们。偏偏，那些易许下诺言、易背弃诺言的人，都与我们保持着若即若离的距离。

还有些诺言，许下的时候，并没怎么过脑子，多是为“人情”所迫。也就是说，不少是被“人情”所夹持、所胁迫、所绑架的结果。“人情”岂是生意？诱引或胁迫之下的经济合同尚且可以废止，或宣布无效，那么，当时过境迁，意愿起了变化的时候，撤回诺言或背弃诺言，就大逆不道了么?

可以绝对信任人，但不可以完全依赖人。要记住自己的诺言，但对于别人的允诺最好健忘。为了避免失信于人，就要对每一个承诺深思熟虑，并切记：轻易承诺是无中生有的债务。

小纠结，小成长

只要心态好，小小的阻遏和适中的瓶颈都会带来快感。以游戏的心情迎接生活中的挑战，小困难、小麻烦就不再是生活的重轭。

“怎么生活中有那么多烦心事呢？说大也不大，说小也不小。”“我真愿意发生一件大一点的事，而不是像现在这样隔三差五的就有令人烦恼的事！”一位朋友向我如此抱怨。

谁不想呢！让烦恼来得猛烈些吧！别这么来得要死不活的。

然而，这样就是生活，生活就是这样啊！真正使人情绪恶劣的大事极其少，日常生活中令人心生烦恼的多为微不足道的小事。

日常生活中的小事小节接连不断，你可能为此不堪其扰，但或许正是这些小事小节锻炼了你的处世处事能力，使你的知识与智慧与时俱长。

再说，在细枝末节的生活夹缝中，你偷得半日闲，去海边垂钓，去公园散步，去咖啡馆读书，不就都成了小情小调吗？日常生活中有这样难得的奢侈，这些小情小调不是更弥足珍贵了吗？

处世、处事中经常会有一些麻烦，但认真地去处理完每一个麻烦，会使麻烦过后的生活更加安闲、安逸、安然。

日常生活中的小事接连不断，你可能为此伤透脑筋。但是，也正是这些小纠结使人生千滋百味。纠结对于幻想人生波平浪静的人是一种负担，对于幻想事业一帆风顺的人是一种阻力，但对于愿意品味生活的人来说，则是一种不可多得的调料。

小生活里有大智慧，小纠结里有大成长。

真正好的生活

生活好与不好，取决于自身需要与主观感受。口粮问题解决之后，生活越大众化越依赖物质生活，越小众化精神生活氛围越浓。

生活如同一座花园。再美的花园，土壤里也难免滋生蛆虫。正是蛆虫的存在，印证了土壤的丰厚与肥沃。而太多的人只愿接受生活的顺遂如意，不接受不美好，哪怕这些不美好对于现实生活不可或缺。

还有一些人，对日常生活缺乏应有的耐心，他们把生活过得像吃快餐，掐着钟表的指针，不肯多等一分钟，不肯多“浪费”一分钟。

我想，这一现象值得关注与反思。若不能耐心面对生活，生活就会通过给你注入烦恼、琐屑、单调、无聊、寂寞，乃至浮躁、欲望、意外，使你渐渐丧失拥抱生活的信心，丧失对生活的热情，进而最终导致你失去整个生活。

对此，我的观点是：有没有自己的生活，比生活得好还是不好更重要。无论是谁，若是都有自己的生活，这就已经很好了。

生活是日常的，日常的确有无数事情很单调，并重复着单调。但善用单调的人，会在单调中思考，在单调中思考或者思考单调的人，思想会变得更为深刻，往往会发现更多更隐微的哲理。

人们像消杀蚊蝇一样企图灭掉无聊，但实际上，无聊是生活的间奏。

智慧的人享受各种生活，无智慧的人只享受好的生活。

多少人在人云亦云，盲目匆忙地追求“好的生活”！即便追求到了，却不适合自己，那好在何处呢？唯有适合自己的生活才是真正好的生活。对自己的状态很满意，觉得自己就是理想人类的精装版本，不愿意将自己与别人交换，那便是活出了最好的自己。

“无视”是一种态度

走路时，少量的泥水溅到了裤子上，暂时不管也会泥干自落。若每次去清洁不但费时费力，还越弄越脏。沉稳自信、不慕虚荣的人不拘小节，他们生活的姿态就是昂首阔步。

“唉，真不愿意过这种生活！什么破公司嘛！事情多，人际关系还复杂，成天不是对着电脑就是对着人脑！”一位三十出头的男职员抱怨公司。

其实，生活本就是这么恼人！

怪不得生活，生活是由自己来决定的。就像一间房子，通电、通水、通燃气，基本条件具备了，你要将它装修成什么样子，那是你自个儿的事。

就我的人生阅历来说，我觉得生活还是不要“一帆风顺”的好，“春风得意马蹄疾”的结果谁知怎么样。不是说生活是一个“谜”么？我猜，生活总会使我们有些不爽，以免我们信心爆棚。

我还发现，生活中有许许多多的“一会儿”。一会儿的不爽，一会儿的难堪，一会儿的沮丧，其实不过就那么“一会儿”罢了！烦恼一会儿，又能怎么样？再烦恼一会儿，又能怎么样？我就这么一个人，我就爱袖手旁观我的生活，尽管无力改变什么。

我重视烦恼，有了烦恼就马上分析原因，各个击破。我在烦恼面前装聋作哑，让自己迟钝一点，以对抗生活中无所不在的锋芒。再不成，我无视烦恼，对烦恼不屑一顾，爱来来，爱去去。我不中烦恼的诡计，不分配时间给它们，不理会它们的刺激，不接受它们的挑衅！

无视是一种态度，更是一种力量。无视很多，生活就简单很多，心情就平静很多。那么多身居高位的人我都可以无视，更何况区区烦恼呢！

发现轻巧的细节

细微之物中隐藏着数不清的微世界，只有通过细微之察才能将其一个一个揭示出来。想象与情怀总是将日常生活打扮得花枝招展，润朗亮丽。有些人不察也不恋造物之美，对于他们来说，“玫瑰”就是花而已，于是“玫瑰的故事”绝不会在他们身上发生。

“怎么每次见到你，你都是满面春光的样子呢？生活真有那么美好么？”

“你喜欢摄影，各种各样的美见得多了，按说你不再觉得所见之物有多新鲜有多美啊？”

这不禁使我想起了与友人的一次辩论。朋友说，生活家与美学家就像品酒师，对生活是严格挑剔的。如果我称得上是“生活家”，具备一定审美能力，就我的体验而言，生活真的有确凿不移的美好！

为什么这样说呢？作为“美学家”，或者作为具有一定审美能力的摄影师，极易发现众人不能发现的美。作为“生活家”，则基本上无所谓美丑之分，因为生活家并不排斥不美，却又能以丑为美，或者极其擅长发现众人所恶之物的善。

生活中有无数轻巧而俏皮的细节，只要善于发现，生活的每一天都会是其乐融融。作为生活质量的研究专家，作为摄影师，纵使生活也有“损我”、“虐我”的时候，但总的来说，我还是被生活的沃土厚植的。得生活之所赐，我如今对生活不再挑剔，不再起分别心。

心有春风荡漾，自然没有理由不春光满面。

品质生活离不开什么

品质生活离不开财务自由和时间自由，当然也离不开略带诗意的想象力，但最离不开的是自己的生活主张，以及将生活主张兑现的能力。

我的生活主张之一，就是浪漫的生活不能缺少想象力。

对于富有创造力的生活来说，想象是第一元素。而且，身边也不乏唾手可得的供你创作多彩生活的原材料。

有些，无需做太多，只需些微增加点什么或抹掉点什么，稍许叠加点什么或干脆舍弃点什么，日常的置景就会变得比原先有趣。有些，简单改变一下颜色，或者调换一下位置，生活就会焕然一新。

或者换种说法，生活需要些“设计感”。创意能改变生活，奇思妙想，甚至“歪想”“邪念”，都有可能为生活添彩、增趣。

生活如此平铺直叙，你当然有理由要求它跌宕起伏。但还是先从培育自己的生活情趣与精神品味着手吧！于是乎，才能换来你所期待的丰富多彩。

世上只有平淡无味的人，没有平淡无味的生活。用你的想象力和设计灵感打造自己的品质生活吧！

生活未必需要有逻辑

生活不需要逻辑，但需要感情。日常生活是场景剧，更多地以碎片化的形式展现，并不需要逻辑的贯穿。热情洋溢地对待生活，日常生活的每一片叶子上都会有光。

“情趣与浪漫渗透日常中。

“幸福的花瓣散落在平凡、细致的生活之中。只有那些热爱生活的人，才能嗅出花的清香。”

“热情给生活打上了一层暖色调。”

在记事本上散乱地写下了这三句对生活的领悟，心情舒畅，差点笑出声来。

所谓“好生活”，就应该是这样毫无准备或防备，随机或应景的“撞见”？像我对生活的领悟，全赖对灵感的“撞见”。

或许，热爱生活的人多少都有些任性？

在我的印象中，浪漫的人都有些“小坏”。略有些“任性”可以增添生活的情趣，偶尔宠宠自己的“小坏”更是能使生活别有韵味。

齐整固然不错，可我依然觉得稍微凌乱一点也无妨。生活要有设计感，也不要露出痕迹。

生活的逻辑，就是生活未必需要有逻辑。随意是一种舒适，刻意便显得矫情。

闲适的生活可能不够规整，但自有内在的顺畅。

诗意生活需要“留白”

生活的边界问题，是生活品质的首要问题。生活没有边界的人，时间就容易被人侵占，空间就会被人践踏。有必要将自家院门闩起来。尽管诗意生活需要敞亮，只需多开几扇窗户就够了。

诗意的生活需要“留白”，是内求的，需要给自己的心灵留出空地放牧灵感。而无聊的生活是“搭白”，是外求的，需要与相干不相干的人扯淡消磨时间。

可见，生活是诗意的还是无聊的，全取决于自身。简单来说，生活怎么样，取决于你将它过成咋样。

生活的艺术，从某种意义上来说，就是沟通或对白的艺术。在琐碎的日常生活中，若是能学会与所经手的物件进行内心的交流与对话，就会发现自己并不孤独，因为每个物件都有自己的故事，烙有当年岁月的痕迹。

掌握了生活的艺术，琐碎、无聊的生活也可以过得很有诗意。

偶尔感觉无聊是人的情绪固有的属性之一。我所不能理解的是有些人总是感觉无聊。所谓生活，实质上是“我的生活”，那么就怨不得别人，也怪不得生活本身，而要究责于生活的主人。

很多人忙于创造生活，却从未出席过自己创造的生活。在他们的生活空间里一直都是人来人往，似乎他们想要的生活就是“游人如织”，就是“人欢马啸”！

这样的生活不很可悲吗？费尽心思将自己的心灵牧场圈起来，原来却是供别人进来游玩的！

注重培养发现美与感受生活的能力

用手轻轻接触或摩搓皮肤的时候，手心、手指、手掌、手背给人的感觉各不相同。对于感受大条的粗鄙之士那只是肉与肉的接触，对于无聊透顶的人来说是肉皮与肉皮的接触，而对于精致温润的生活家，则是温热的心的交流。

生活就是漫不经心地发现，认认真真地欣赏。

我觉得，想要提高生活品质，倡导“慢生活”还不太够，更应该倡导“漫生活”，也就是散漫慵懒、漫无目的地生活，而不是将生活过得像一场竞赛。

于是我觉得慢条斯理是一种生活品质。对于用心生活的人，慢条斯理似更能探究生命的底蕴、肌里与细节，更有耐心探索出人生的真味。故此，生活家都应该是漫生活的“拥趸者”。

欣赏一棵树，若看不到叶子的轻颤、枝丫的摆动，听不到它们的呼吸、轻唱或怨叹，就不是生活家。生活家对自然的体察细致入微，能尽情感受万物生长的乐趣。

拥有发现美与感受生活的能力，生活想不惬意都难。

像蜗牛一样不慌不忙，像乌龟一样不躁不急。我想要的生活，也不过是这么慢慢吞吞，笨手笨脚。

生活的脾性

生活的脾性，与人的脾性有一对一的关系。碗从来不会自己摔自己，“砰”的一声是对摔主最后的怒吼。你在其中犯了什么罪，每一块碎片都清楚，都懒得说你。这个世界上没有任何意外，只有意识之外，你的心之外。

生活大多时候没有想象的那么糟，有时候也没想象的那么好。

生活本身无所谓好坏，或者说无论好坏都是生活。

但生活是曲线式的，时好时坏。有好有坏，这是生活的本来面目，大概也是生活的脾性。

生活中总有一些困扰，就像人与人之间的尴尬与别扭一样，无法逃避亦无法超越，只能等待，保持沉默。运气不好的话，也只能涎皮赖脸、灰头土脑地面对与承受。

生活中总有一些深深浅浅的不测，也总有些事情回天无力。人生长期时运不济，生活就会长期不顺心。但长期也有尽头，熬过去就是了。

只要不是永远，时间长点又何妨？

对于这些不可挽回的事情，权当是交了学费买了些教训。厄运过后，选择性失忆，不要让那些无可挽回之事侵扰到自己现在的生活。过去过得去，未来才会来。

不妨每天无聊一下

有的人将家过成了社交场所，而不知道这个世界上最真切自然的生活，是在不为人知的生活空间里，与你蓬头垢面，床头凌乱。

伦常的生活容易流俗，因为人对“自我”的要求趋于放松。

因此，对伦常的生活，既要与之亲近，又要与其保持距离。

生活总是死气沉沉的，所以得时不时让它闹腾一阵子，这样才能保证鲜活一段时间。

我认为，生活就该是朝气蓬勃。

以这个标准来衡量，可以这么说：每一个不起舞的日子，都是对生命的辜负。每一个不纵情欢笑的季节，都是对生活的不敬。

生活有时也会闹闹情绪，使你不爽。当然，生活有各种各样的不爽，多得无法详尽。所以，对于生活，我们有时又得哄哄，有时也只能放任自流。

还有，生活有时又挺无聊的。那要怎么办才好呢？

我个人觉得：每天放任自己无聊一下，也相当于给自己一次心灵小憩。

生活中不乏鸡肋之物

独立的事物之间均有斥力，但万物各有粘性，磁石遭逢铁屑命运就已注定。事如此，人也这样，靠近之前对其粘性宜有所预估，特别要防止“像泡沫胶一样”的人和事，粘上容易，撕下却难。

巨大而突如其来的诱惑，瞬间可以浇灭理性。强烈而突如其来的消极想法，也有同样的效果。

好在“强烈而突如其来的消极想法”不太多，比较多的是不怎么强烈，却自动输入脑海的消极想法，像风寒，慢慢浸润，悄然入骨。

消极的想法像蛀虫，会蚕食我们的生命，使多彩明亮的生活渐渐变得灰暗。

人生是部大戏，生活就是任由自己剪辑的蒙太奇，不妨将不中看或感觉不愉快的那段直接掐去。

谁不去将生活修理成自己想要的样子，谁就会被生活修理得不成样子。

生活中不乏鸡肋之物，这时候要果断地扔弃。

不只是对消极想法如此，对恶劣情绪如此，对废旧物件如此，对待事情与人也当这样。

最大程度遵从自己的意愿与偏好

如果你害怕，世界上就没有什么东西你不害怕。害怕只是理念上的退却与心气上的涣散。若聚集你全身的力量，你瞬时就可以变成一门待发的小钢炮。如果你确定自己是善良的，所怕的东西就必定是恶，那你又害怕什么呢？

人真正享受生活的时间，远比自己的寿命短得多。究其原因，主要是自己的多情、多心与多事，挤占了享受生活的时间。

还有，大多数时候，我们是被现实生活推搡着往前赶的，走马观花，根本没时间将经历的一切反复琢磨。就像这一堂的功课来不及消化，下一堂课又开始了。如此这般，根本就谈不上享受生活。

适度放松自己，甚至放纵自己，是修复生活刺痛、打破单调生活的必修课。

无需害怕，有些放纵是无害的。我所说的“放纵自己”，只是偶尔的彻底放松。没有彻底放松自己的机会，身心是压抑的，就如同哈欠没完全打出来的感觉。生活有时候也是这样，不完全、不彻底的放松还不如不要放松，做爱未完全的感觉很糟糕是不是？

会享受生活的人，除了谙熟彻底放松的技巧，还掌握了彻底放弃的秘笈。生活中很多东西看似对我们很重要，其实真正不可或缺的东西少之又少。这就给我们彻底放弃一些事，变得超脱一些留出了空间。

超脱的生活是意志坚定的生活，同时也是无悔初衷、不受压迫的生活。超脱的生活不是全然退出或放弃生活，而是最大程度上遵从自己意愿与偏好的生活。超脱的生活是完全的自主、自由、自在的生活，因而能够得到经常性的彻底放松。

要学会做一个懂得对自己的生活画省略号，更懂得该在什么时候画上句号的人。

人生画卷尚未真正打开过

母亲送了一把名贵的雨伞，惜伞如命的女人一直将它珍藏在箱底，直到死后她丈夫清理她的宝贝时才发现这把伞，并将这把伞放进棺材里陪葬。有些人生活中总是满心的怕，一直将自己以及有关自己的一切深藏着，人生画卷尚未真正打开过。对于这样的人来说，长命百岁也是枉然。

朋友告诉我，他曾经遇到一位智者，告诉他许多做人的道理。这些他奉若珍宝的“做人的道理”，基本上都不是从书本上学得的，而是从生活中习得的。

那位智者几乎不看书，内心总是充满喜乐，面容总是带着慈祥。

“哪里有什么哲学呢？能教会你正确为人处世的，都是生活。”

“哲学不都是生活经验的总结么？如果生活都教不会你，那还有谁能帮你？”

“如果生活都教不会你，那一定是你没有意愿过好生活。”

这位朋友向我兜售了那位智者的“生活金句”，我至今记得且认为颇有道理的就这么几句。

每个人其实都应该有自己的生活主张。我确信，从来没有什么生活意见的人，是生活或人生的画卷尚未真正打开过的人。

我的生活主张是：对生活深入一点，对日常生活也要郑重其事。那些浮在生活表面的人，体会不到生活的真意与深味，更无缘生活的玄观与妙境。

生活未必要有深奥的哲学思想作为指导，但我觉得经过一些深思浅悟，总结出一些有规律性的东西还是蛮好的。

对生活求全责备的人

对生活求全责备的人，特别爱惜自己的羽毛。他总是觉得羽毛的根部藏有污垢，而且总是倒着梳理，却没有意识到是自己得了“倒着梳毛强迫症”。他自己很烦躁，也连带着别人不快活，却无力控制自己。

我常想，那些对生活求全责备的人，若不是生活曾经不幸破碎过，就应该是害怕生活破碎吧？

苛求完美的人，既容易被物质生活中普遍存在的不完美所刺伤，又容易被精神生活中普遍存在的人格瑕疵所折磨。

执意要消除瑕疵，反倒使与瑕疵有关的意象更加清晰。对待生活也是如此，刻意对抗，反为其所伤。

有些人不允许自己的生活过于平淡，有些人不允许自己的生活过于平凡。人们无法允许自己的生活“流俗”。其实呢，人活着就已经够俗了，还能怎么俗？

我的生活主张是：对生活不起分别心，过不挑剔的生活。

对生活仁慈友善，多去包容，多点耐心。好些人对生活缺乏包容心，不停抱怨，在夸大其辞中放大情绪。他们似乎不懂得这其中的危害：愤世嫉俗是开始憎恶、痛恨现实生活，喋喋不休是开始对改变现实生活不抱指望。

对生活隐忍一点，对能承受的刺痛不必声张。有些人特别怕痛，但是，这世界上毫无痛感的人，恐怕只有植物人了。

如果人来世上一遭，“痛”的体验都没有，你真的愿意么？那还算生活过么？

精神生活的富足

精神生活的富足，并不在于其琳琅满目，因为精神生活不是透明的橱窗，不需要展示给别人看。精神生活的富足，也不在于其有多少黄金美玉，而在于有多少自己特别喜欢、敝帚自珍的东西。

“爱情重要还是生活重要?”

一位姑娘问。

“物质生活重要还是精神生活重要?”

一位小伙子问。

他们是一对恋人。

由于急于知道答案，他们竟然互不相让地争起话麦。

“爱情也是生活啊！当然生活的含义更宽泛些。”我回答这位姑娘，“我个人认为，比享受爱情更重要的是享受生活。”

因为，生活的安定与美好，比爱情更持久、更丰富、更惬意。

每个人同时在过两种生活，即物质生活与精神生活。只关注物质生活的人，当然领略不到精神生活的富足。

过“不挑剔的生活”

挑剔的人不值得处，挑剔的生活不值得过。万物各有其用，人也各有其好，生活就是用自己的眼睛点亮万物，用自己的心灵润泽各色人等。只挑选好的生活，只与好的人交往，生活就开始不完整，人生当然无从丰富。

“什么样的生活最有意义？”

我心想：有意义的生活是与无聊的生活相对的吧？人到了什么都想玩一下的时候，其实已经相当无聊了。尽管这表面上看可能是对什么事情都充满热情，实际上他可能已经找不到生活的依附了。

“什么样的生活最有意义，简言之，适合自己的生活，奔内心最想要的生活最有意义！”我这样回答他。

“什么样的生活最美妙？”

偶尔我会有这种感觉：觉得生活真是好得都不知道该怎么过了。这样的生活当然美妙！

可我有时又觉得，有理想的充实又有理想无法实现的无奈，有美丽的思想又有思想无法再深邃下去的怅惘，这种更多可能性、更接地气的生活会不会更美妙？

因此，我觉得吧，“不挑剔的生活”才叫美妙。你真心认可，用心体验，无论是幸福还是痛苦，都要用心地去体验、察觉，生活之妙，不可言。

激情是个宝物

爱默生说过："每一种事物都在趋于过度，每一种良好的品质，如果没有杂质，都是有害的。"上帝为每个人注入了过剩的激情，但若用来挥霍，则过犹不及。那样的话，激情的过剩，还不如激情的不足。

"想要过好的生活，什么最重要?"有同学问。

记得我大概是这样回答的："少年靠好奇心生活，青年靠理想生活，中年靠责任心生活，老年靠智慧生活。"

人的一生，就是感性不断衰减，理性不断上升的过程。有人说，少年靠激情，中年靠作为，老年靠智慧。这话不无道理。

但我仍然觉得：要想鲜活地存在，在人生的任何阶段，激情都是个宝物。

我觉得，有意义的生活与永不退却激情，是精神生活中最有活力的成分。

有意义的生活使人充实，永不退却的激情使人振奋。

生活无求显赫，力戒喧嚣，平实好顺即是个好。

不刻意，不强求，不计较，只要心中还有些东西在绽放，生活就还算是过得去。

2 自爱

除非自毁，任何人毁不了你

◤ 维特根斯坦在《思想札记》里说："有两个神：世界和独立的我。"生命对于每个人只有一次，所以"我"比天大。自私，只不过是爱自己多了一点，无可厚非。人称代词设立了边界，"我"和"我们"站在一边，"你"和"你们"站在一边。每个人都是一个城堡，各有各的防御工事与战壕。人与人之间隔着玻璃墙，至少是隔着隐形膜。每个人付出的爱都是有限的，每个人也都得将主要精力留着爱自己，可见自爱合乎天道人伦。卢梭在《爱弥儿》里说："我们种种欲念的发源，所有一切欲念的本源，唯一同人一起产生而且终生不弃的根本欲念，是自爱。"自我是张白纸，全看你想将它涂上什么颜色，但是这张白纸接触到你自己的爱才会着色。◢

爱是自足，不是施予

小孩子无论到哪里都能找到自己的玩伴或玩物，离开的时候他并没有抱走什么，却心满意足。自爱，简而言之，就是不伸手，不占有。人除了内在的完善，没有其他任何神圣之物。万物皆备于我，我是精神世界的君王。

爱从某种意义上来讲是自给自足，而不是对方的施予。

自爱也是这样，不需伸手向他人索取，眷顾自己，温暖自己，洁身自好。

我是我的源泉，我是我的父母，我是我的爱人。

长大成人了，亲人不可能总跟着你，那就要代替亲人爱自己。

自爱是自足的，也是自信的。自爱，不会影响别人，不会随随便便受到别人的影响。如斯，既是对别人的尊重，更是对自己的尊重。

人需要尊重自己，这是自爱极其重要的部分。人活在俗世中，免不了被人评头论足，说三道四。

有道是："苍蝇不盯无缝的蛋"。人不自毁，别人也毁不了你。

不自信的人总感觉别人在关注自己

“看吧！一定有人在指戳我的后脑勺。”不自信的人，永远带上了一个影子在走路。这是他自己的影子在跟随他、指戳他，是他用自卑制作的幻像，并利用幻像抬高了自己。

每个人都带着一个“异我”在生活。这个“异我”，仿佛真我的影子，如影随形。这个“异我”是隐形的自己，大部分时间与自我是不同步、不重合的。

“这哪是我？”

“我怎么会做出这种事？”

“真不知该怎么办才好。我恨死我自己了，一会儿这样一会儿那样，我心里有两个我，相持不下，搞得我拿不定主意！”

是不是你有时也会有这样的感觉，并且为此感到焦虑？当我们不舒服的时候，真我与“异我”一定是在掐架了。

相反，当你身心同一、表里一致的时候，也就是真我与“异我”相处融洽的时候，会感觉很舒服。

“我就是我。”

“我就是这样与众不同！”

通常，“真我”发展得比较好的人，“异我”的成分就少，也比较自信、诚实一些。一般来说，自信的人不怎么关注自己，倒是不自信的人总感觉别人在关注他。

不自信的人时时有一种纠结的心理，既害怕别人的关注，又害怕别人不关注。

“自恋”的完整含义

自恋是精神上的返老还童。越成熟的人，越不需要自恋。但自恋的人往往可爱，因为其放纵心智的不完善，其言语与行为常令人忍俊不禁。就像有爱情就有青春，自恋的人得益于对自己的欣赏，永葆年轻。

“我太在意别人，越在意越处理不好人际关系。”

“怎么样才能处理好？能给我一些忠告吗？”

一位职场女性专程跑来求助。

“说话总是考虑别人的感受是一件不太爽的事，但不考虑别人的感受事后往往会有沮丧与后悔，担心使对方难堪。你是不是也这样呢？”我问她。

她点点头，补充问了一句：“我这是太不自信还是太在乎别人？还是太自恋？”

我觉得，处理人际关系不能一味迁就，不能一味讨好。过于迁就或讨好别人的人，往往是不自信，并且为掩饰不自信而变得不诚实的人。我觉得这样的人，首要的任务是接受自己。要在内心牢固树立这样的观念：别人的使命是成为他想要的自己，我的使命是成为自以为最好的自己。

须知，别人对我只具有参照意义，彼此没有欠债。你活你的，我活我的，各有各的无奈与精彩，各自去消化或私享好了。

别人的世界看看就好

在别人的世界里深陷，不只是作贱自己，简直是一种自残行为。每个人都想提高人生的使用效率，不插足别人的生活是一种道德。人生是一场特立独行的路，需要每个人自己迈动双腿。

对于不自信的人来说，我们听到的声音，绝大部分只是别人恭维或贬损我们的声音的回音，而自己的心声则被这些声音淹没。

我常想：为别人的事烦恼是自作多情。

别人的世界看看就好，我们对别人的期待没有义务。每个人只需对他想要的生活负责。各人想要的生活，得到的不尽如人意。即便如此也没有人愿意让别人来代替自己生活。

所以要尊重自己，要爱自己，稍微霸道或野蛮一点都是可以的。外在环境是个“场”，需要明白在这个“场”里，志气“顺逆”的重要性。

要能容得下人，先得能容下自己。与自己过不去的人，也会与别人过不去。

勿为顺从他人而苦逼自己。讨好别人不如讨好自己，顺从别人不如顺从自己。

失意的人从过去找辉煌

“我过去……我过去……我过去……”接连对你说出三个“我过去”的人，真应该让他过去。现在是个窝囊废，曾经是个金刚侠又如何？失意就是失意，躲到一边去修行得了，这样还会赢得敬重。吹嘘过去的辉煌，算是励志还是丧志呢？

一个人要是开始喋喋不休地述说他过去的辉煌，那显然他现在比较失意。

失意的人从过去找辉煌，在记忆的余晖中寻心安。但大势已去，挡不住日薄西山。

人在失意的时候就很想看到比自己还失意的，人在得意的时候却不想看到比自己更得意的。

一般来说，除了自己的亲人，人总是唯愿自己比别人好。

这种貌似不怎么见得光的心态，应该是出于一种自动的心理防御机制。

我不太好的时候，听闻你也不太好，这对我似乎也是个安慰。人内心中像是有一只管不住的手，试图将每个人的命运拉平。

自信的人不需要宣传自己

有一种人，你以为他有幸摘下树上的果子，一定搬来了长长的梯子，殊不知他只在腋下夹了根竹竿。有一些牛掰的人，他真正牛掰的地方你永远无从知晓。有一些自信的人，他自信的源泉也绝非你能看到的那些。

为了给赏识我的领导脸上“贴金”，也是为了显露一下自己的才华，我自作主张写了一篇文章发表。

文章发表后，被大量转载，没想到结果是闯了大祸，给组织和领导添了大麻烦。事件平息之后，那位赏识我的领导与我谈心时，给我讲的一句话，使我受用终生。他说：“一个自信的人，根本不需要宣传自己。”

他说那句话的时候轻言轻语，我回味起来却字字铭心刻骨。

我才惊觉他这么有智慧有才华的人，几乎就没有公开发表过什么作品。后来他成了部级干部，仍然没见他发表过什么作品。可能相当多的人认为提拔需要以宣传自己来作为铺垫，以为提拔要靠这些靠那些，其实也未必。

再后来，我工作单位转换安定之后，又与人合作编辑了一本本系统的专业英语常用句子，这与我的文学旨趣已经是大大地不相关了。有位老同学对我说：“你好像是想证明你有多方面的能力，反正就感觉你总是在想办法证明你自己。”

人有时要猛醒真是被击一棍子还不行！这一回，我算是真正被击醒了！一直以来，我做了多少不断证明自己的事，做了多少与自己的事业毫不相干的事，并为此浪费了多少宝贵的时间与精力呢！

做自己，而不是证明自己。刻意证明自己的人，不是在做自己，而是在做别人。

缺乏自信且自命轻贱的人

缺乏自信的人，往往会自我贬抑，使自己进一步滑向自卑的深谷，倒不如找到一件值得去做的事，矢志坚持，不让负面的信念有落地生根的罅隙。

有些人，也是像我曾经一样，通过各种方式证实自己的魅力不可抗拒。

显而易见，他们像我曾经一样，是极度缺乏自信的一些人。

而自信的人，根本不需要被检验、被证实。

缺乏自信且自命轻贱的人，像羽毛一样失去了分量。

这样的人，所作所为只是为了修复过去受损的自尊，或雪洗过去的屈辱，并不是这些事就多么值得做。

我想，没有人愿意陪着这样的人浪费时间。

自信的人根本没必要刻意证明自己，也没有必要迫不及待地展示自己。

事实上，任何你急于表白、急于想要得到的东西，不但肤浅与廉价，还显示着你的虚荣与自卑。

有些麻烦事就让它一直存在

有些麻烦，不如暂时摆在一边，就当是能力有限，机缘未到。这样也许能力强了，机缘到了就迎刃而解。更有可能，麻烦自动远去了，你去找都找不回来。有些所谓的“麻烦”，只是认知上的偏差，实则根本不是事。

小时候，在山上某棵树上能发现马蜂窝，特别是比较大的挂在树上的马蜂窝，那是小伙伴们最惊喜又最恐惧的事了。

毛骨悚然地害怕，觉得好玩，又忍不住想去尝试。

少不更事的我们，拿一根长长的竹竿，隔着老远去捅马蜂窝。由于准备不足，常常是一捅就捅出大麻烦。大一点的孩子会抱头鼠窜，小一点的或赶来看热闹的孩子，不明就里成了倒霉蛋。

一次，就有个孩子惊慌中摔了一跤，头部被马蜂团团包裹，盯得脸肿了好长一段时间。恶作剧是孩子们的取乐方式之一，懵懂之时考虑不到后果，一玩就玩大了，常常会乐极生悲。

“若不想惹麻烦，就不要去捅马蜂窝。”

父辈大概小时候玩这种危险游戏玩多了，经常拿这句话来教训我们怎么为人处世。

直白点说，就是不要没事找事。

你不去招惹，马蜂窝就安安静静地挂在那儿。

麻烦就像儿时的马蜂窝，你不去撩，不去惹，不去捅，就各自安生。

有些麻烦事就让它一直存在着，不去碰触就好。

争索难得安宁

有志不在身高，有理不在声高。麻烦是生活的杂音，是宁静的干扰器。麻烦尽量不找，但来了也要积极、冷静、智慧地处理，争吵不但无益于事情的解决，还放大了麻烦的级量。

日常生活中，很多麻烦是自己招惹的，所以怕麻烦的人也有好处，麻烦也不爱找他。

怕麻烦的人肯定有些东西会得不到，因为想要有好的收成，必定少不了施肥、浇水、除害等比较麻烦、棘手的事情。

但有一宗，怕麻烦的人尽管有些东西会得不到，但能得安宁。

许多人，特别是年轻人会无视安宁。到了一定的年纪，才会觉得安宁是真正上乘的，比盲目地争索，惹一堆麻烦要好得多。

追求的终极目的是为了得安宁，因为争索而破坏了安宁殊是不值得。

争索会败坏安宁的口味，若是因争索而心有愧疚，哪里有安宁可言呢?

自信之人最傲娇

盲目自信，与盲目乐观一样，不仅没有价值，还有害。自信，是万丈高楼的地基，需要一点一点夯实。若想成为一番伟业，必须将自己锻造得像钢筋一样坚硬。

我是个看起来很低调，骨子里却很高调的人。我的高调不显山露水，甚至多以低调的方式呈现。

不是故弄玄虚，不是故作神秘，谁都可以想象我是什么样子。可是，我肯定不是你们所见的样子，也不是你们能够想象得出的样子。

我深信，真正自信的人都有自己最傲娇，别人却难得一见的模样。真正自信的人，他的存在会给你一连串的惊喜。

对于想要爱我的人，我心里想说的一句话是：我的高贵，是你的无奈。

你的无奈在于，我身上总有你非常想得到且也只有我才能给到你的东西。

因为我深知，我精神上的富足与崇高，远非某些物质上富可敌国的人所能企及的。

最有资本“高调”的人一般不“高调”

明代薛瑄在《读书录》中指出：“人当自信自守。虽称誉之，奉承之，亦不为之加喜；虽毁谤之，侮慢之，亦不为之加沮。”好出风头，行事高调之人，往往骄傲的“资本”有限，最有资本“高调”的人一般不“高调”，他不需要别人的奉承来弥补一度受损的脸面，也不屑于显摆给别人看。

如果说我的存在于你是个谜，这正是我想要的效果。

生活经验告诉我：有坚硬紧致的壳，且能屈能伸、进退自如的人，才能独善其身。

高调是需要资本的，需要肚子里真正“有货”。但是真正“有货”的人，反而不怎么高调了，反而会觉得高调是一种装腔作势，是一种显摆与炫耀，过于肤浅。

换句话说，最有资本“高调”的人，一般不怎么“高调”。

肚子里“有货”的人高调起来才能令人信服，但是不是要塞得满满的呢?

当然不是，我就喜欢给自己留白，不喜欢将自己塞得满满的。因为确信已拥有的都是好东西，一以当十，当百。

还有，我觉得，不装满，给自己留些空、留些白，也会给别人轻松感。

留些空、留白既是爱己，也是爱人。

为什么要留些空、留些白？因为必须为身体的保存与恢复留出时间，同时还必须为心灵的复原与成长留出时间。

道德洁癖

对于有生活洁癖的人，谨慎与其居住。对于有道德洁癖的人，谨慎与之来往。日常生活中，仅做到杯盘碗碟一尘不染就累死个人。有道德洁癖的人，打理完自己，很快就要在你身上洗洗擦擦了。

有的人稍微做错点事，讲错点话，就很容易恨自己，就像真的犯了什么了不得的错误。

有一位中年妇女，基本上每天都会指责自己。比如，她拿错别人的伞又无法找到伞的主人，或者碰到有乞丐向她行乞，她没给钱或感觉钱给少了。

更多的是对陈年旧事的追悔，她很容易恨自己，就像过去真的恶贯满盈，罪不可赦。

过于严格的道德洁癖，会与每个人或多或少存在的阴暗面产生冲突。过于严苛的道德责任，有时候，也真是个可怕的东西。

有道德洁癖真的是一件好事么？有人这么认为有道德洁癖之于社会，于他人当然是好的。

其实这也未必。有道德洁癖的人容易刺伤别人，更容易刺伤自己。你想想，有道德洁癖的人会承受别人多少不解与委屈？

有道德洁癖的人，疾恶如仇，同时也常常会因自己的小错小罪而捶胸顿足，追悔抱憾。

这种貌似崇高的道德品质，几乎成了他们的精神枷锁。

将别人当“物件”

万物皆有本分，首要的事是做好自己，守住自己为人做事的边界，同时也不要犯别人的界。将别人当“物件”还不够，必须将自己当“物件”。想想自己，与万物同生同源，不是一物又是什么？既然是“物件”，自然可亲可近，可扔可弃，将它物挪开一点也不是问题。

中国有句令人叹为观止的古诗词，出自杜甫《春望》：“感时花溅泪，恨别鸟惊心。”

借花喻人的拟人手法，是古今中外文人通用的修辞手法，但任怎么“通感”、“通灵”，物毕竟是物，与人隔着界，就像认为太阳出来是为了温暖你，海风吹来是为了抚慰你，其实这彻头彻尾是人类的自作多情。

太阳每天东升西落是其自然规律，哲人揭示哲理也只是因为他不吐不快。

自然就是自然，物件就是物件，别人就是别人。别人于你也只是一个物件。仅此而已。

即使不是如此，你也必须将任何别的人当作“物件”。

只有将别人当作“物件”，才能做到对别人不依赖、不指望、不期待。

将别人当“物件”多好，既不会要求别人为你奉献什么，也不会要求别人为你改变什么。

将别人当“物件”多好。可以尽情享用，而不必心生愧欠，可以尽管遗忘而不必觉得负疚，可以敝帚自珍也可以束之高阁。

将别人当“物件”，对于像我这样不善交际的人，真是治疗“人际交往恐怖症”的灵丹妙药。

就像蜗牛背的壳

有时候，我们心累，是因为肩头上背着东西。但你却并不知道这一点，只是觉得身疲力乏，口干舌燥。心念，就是一个人背着的东西。乱七八糟的念头就是这样的杂乱，看似不起眼，却有千斤重，若不卸下当然会越背越沉，越走越累。

若是依赖别人太久了，等别人抽身退出，我们转而只能依靠自己，但却一下子找不到自己。

究其原因，是由于长期以来对别人深深的依赖，将“自我”慢慢抽空了。别人一旦抽身，“我”就一下子消失了。

摆脱依赖别人的过程是让自我形成的过程，依赖别人的过程是自我消逝的过程。由于成长过程中高度依赖他人，自我缺乏成长壮大的机会，“依附型人格”极易形成。

“自我”强壮了，就不用担心会依赖上瘾，轻易就能回到意识的层面，理智行事。

我们在开展外在探寻时，常常会折返自身，特别是在遭受挫败的时候。

事实上，人从来就没有离开过“自我”。“自我”是每个人永恒的家，就像蜗牛背的壳。

无论走多远，也无论是否愿意，我们都一直将“自我”背在身上。

“心理包袱”很难下架

“心理包袱”从形式上看是芜杂、巨量的心念，实质上是自己和他人的观念碎片，连筋带骨。主见是斩筋去骨的钢刀，有主见的人才有自信，才能取舍自如。

所谓“放下包袱”，是要果断地直接扔弃。

而不是从肩上卸下来，歇会儿又将其扛起。

有些东西，在我们日常生活中明摆着是将来也用不着的“搁货”，但是我们仍然舍不得扔弃，就那么一直搁着。每次盘存，也就是腾挪一下在货架上的位置。

同样道理，“心理包袱”也是很难下架的，必须采取一些重要的辅助措施强制放弃执念。

听起来有些难是不是？因为“放下包袱”，必须从心念上彻底舍弃，从语言上彻底隔离，从行动上彻底斩断。

否则，怎么爱自己？

“放下包袱”，是不要再将这件事当回事，或是最好能将这件事抛开，不予记挂，而不是将包袱从“心肩”卸到“心间”。

放下是一种功德，于己是仁慈，于人是担当。

事事主动的人

任何人的优势，都要在相宜的人群里才能收到效果。沟通与传播，受到人的素质与认知水平的制约。每个人只能在自己的层次上择定圈子，纵使你游遍世界，最终还是应回到自己的圈子里生活。

有时候，我们会觉得别人是累赘，耽搁了自己太多时间与精力，对别人心生怨恨。

实际上，有些负担是我们自己惹上身的。譬如我们交错了朋友，念错了经，或是“瞎了眼睛”。多数时候还是自己的主动使然，怎么能怨别人呢?

交心要找对人，否则就是庸人自扰。

譬如出于莫名的虚荣心，一时兴起，去做一件自己当时觉得聪明，实则大可不必去做的蠢事，就是“庸人自扰”。

譬如你本想幽生活一默，岂料却成了一个冷笑话。这个叫“自讨没趣”。

事事主动的人，有时还不如从不主动的人活得舒坦。

受辱感

受辱感人人都经历过，就是自尊受到伤害后被刺激出的羞与恨。耻感是受辱感之一种，属于道德的羞赧，良心的挫伤，与自身的道德水准和正义感密切相关。人受辱一般是缺少防备，能力不足，“复仇”的方法不是恼羞成怒地对骂，而是去将自己锻造成一把锋利无比的利刃。

“耻感越强的人越值得尊敬。”

忽然心里就冒出了这么一句话，我想对这句话作个探究。

应该说，我对这句话是认可的，但带出来我难受的情绪。有“道德洁癖”的人，“耻感强烈”的人，对自己要求特别严格，本身并不好受。

譬如，耻感强烈的人过于敏感，而且往往爱憎分明。在爱憎分明的人面前，无原则、无立场、无态度的所谓“中间分子”，本身的存在就是对生命的羞辱。

耻感强烈的人，也会引起身边人的“耻觉”，给他们带来不安。

偏偏“耻感强烈”的人往往“正义感”也很强烈。如果不善表达，当别人干出伤天害理的事，耻感强烈的人常常会因悲愤或强烈的受辱感而言辞激烈，乃至偏激。

实际上，这已经是情绪在起作用了。情绪的作用使人对羞耻的判断更加主观，并且易夸大耻感。

耻感强烈的人如果长期如此，就会慢慢形成一套独特的耻感表达话语体系，难免在性格上被人贴上敏感、偏激、惹不得等标签。

耻感强烈的人应该注意，要使自身耻感对他人的投射与覆盖面精确一点，就要尽可能撇开情绪的干扰，并认真省察自己的偏好是否存在问题。

所谓“变态”

变态与否，有一个简单的标准，那就是是否会对双方造成生理或心理的伤害，是否会累及无辜。人们对“变态心理”和“变态行为”的狭隘理解集体挞伐和无端指斥，极大地阻遏了人类社会对幸福的另一种可能性的探索。

“我是不是有些变态啊?”

“你好变态!”

年轻人之间，这样的对话并不“变态”。

一天，一位老是怀疑自己“有点问题”的男生来咨询自己是否“变态”。

我问他为何怀疑自己变态，他说：“我好想看女生洗澡。我经常想象我父母是怎么嘿咻的。”

我顿了一下，似乎我少年时期也萌生过这个念头。

“有比这个更使你羞愧难当的事吗?”我问他。

“没有。”他想了半天，坚定地摇摇头。

“我有。”我坦率地告诉他，“年轻的时候，除了想看女生洗澡，想知道父母是如何做爱的，我还偶有窥阴癖。”

“老师，你也是那么变态的么?”这位男生像是找到了同伙，突然兴奋起来，乐不可支。

别把“变态”这个词想得太坏，它只是表述超出常态而已！只要变态的程度可控，能做到随心所欲而不逾矩，不损人害己，便是允许的。

偶尔给魔鬼“吃块肉”

道德的工作之一，是给人的行为贴标签，以示提醒。值得注意的是，道德圈定的“变态范围”过大，会挤压人性的生存空间。按道理，公共道德只应关注公共生活的那一部分，但有的却事实上侵犯到了个体的私生活。

我认为：自主、可控的变态，是一种只能为少数人所掌握与欣赏的奢侈而且高贵的品质。

关于所谓“变态”，不用刻意地去把握什么“度”。关于是否“过分”，要看各人自己的感觉。

譬如有些人言行放纵，倘若他能收放自如，就既未“过度”，也不“过分”。

同理，若有些人看起来行为举止有些变态，但他随时能叫停自己的变态行为，也不为过。

“变态”的幸福当然也是幸福，关键是要能控制住自己。

能够自我激发、自我满足，且能自我控制的欲望，无论其多么“变态”或多么“见不得人”，都尽可以被满足，而不应该被苛责。

对于居住在心中的天使，我们要献出鲜花。对于依附于身上的魔鬼，我们也不要忘记偶尔给它们“吃块肉”。让附体的“小魔兽”饿着，它们会让我们安心吗？

善待那些于人于己均无害的所谓“变态”的想法与行为，是对自己的宽容与慈悲。

“使命”

狮界有狮王，猴界有猴王，万物依序，各有首领。人来到世界上，各有天职，这天职是职责。

人即便有“超能”，也终究不是“超人”。绝对的大公无私，在我看起来是一种“奉献癖”，或可称之为“牺牲强迫症”。

如果总是胸怀天下，心系他人，那么有多少空间是留给自己的呢？

一个连自己都不了解，连自己都不爱慕的人，如何去爱世界，爱他人？

抑或者，帮助了他人，却轻慢了亲人，这样做又是什么意思呢？

耕了别人的田，荒了自家的地，这是每个人容易犯的错误。甚至友情、爱情、亲情等方面的付出，也莫不如此。

你只需做完你该做的所有，别人要怎么样是别人的事。总是要求别人对自己负责任的人，就是对自己极端不负责任的人。为什么自己不多尽责，不多担当呢？

日常生活中，不得不做的事情，不可推卸的责任毕竟很少。不要觉得自己肩负多大“使命”，“使命”是大人物或者上帝的事情，每个人只能尽其本分。

不能什么事都遂了别人的愿而苦了自己。讨好别人，与凡事依赖别人一样，都是生活重心的倾斜，与对个人意愿的折曲。

这样做，不仅委屈了自己，更是对人生品质与自我气质的降格以求。

“拥有”是件很累的活儿

将外物悉数据为已有，不是贪婪，就是糊涂。本来取用老天分配的那份就好了，却整个儿搬来自己家里，结果别人一天一晚敲门领取。我们不是别人的仓库，“拥有”是幼稚、低端的想法。

我常常会疑问：有的用就行了，拥有那么多干什么呢？

很多很多的东西，我们只要有“使用权”就可以了。

至于“所有权”，属于储备过度了的“安全感”。

“所有权”确定之后，谁知道“所有物”会怎么样呢？

就像拥有过多的房屋，即使出租，装修、管理、维修、折旧、灭失、买卖，或者是与租客讨价还价，与物业管理部门闹纠纷，都是一摊一摊的麻烦事儿。

所以，我不再期待更多的拥有。

“酒肉穿肠过，佛在心中留。”世间好些事情都不必过于拘泥形式。婆娑世界，对人随和才是真谛，活得轻松才是王道，不是对所有人在所有事情上都必须严肃认真的。

我不拥有，但我享有。

3 友谊

是良师益友，更是严师诤友

古代的所谓“友谊”几乎全是“恩情”与“情义”，未免给人沉重、紧张的感觉。今人对“友谊”的理解是：心理上平等的两个人互相交往。感情色彩似没那么重，也不带有情绪。既然是心理上的平等，那就是不刻意，不讨好，不伪装。总结起来，现代版的“友谊”主要有三个特征：在一起无话可说的时候不觉尴尬或有“冷场”感，不急于寻找话题打破沉默；不计回报帮助对方，几乎不假思索地动用自己的资源或人脉关系，不会顾忌因此而欠下人情；不用刻意维护或苦心经营彼此的关系，即使多年未见也还能一见如故。对友谊要求得不能像爱情那么忠贞，像亲情那么牢固，能“共舆而驰，同舟共济”，互相之间补补台、救救急、搞搞笑就算不错了。当然，高品质的友谊也是有的：从来不需要想起，永远也不会忘记。

好的友谊不与物质利益相勾连

人间并不缺少共守炭炉与饭香的酒肉朋友，难觅的是最感轻松惬意、完全感觉不到压力的如水之交。友谊的功用，无涉物质利益，更不是相互利用。将朋友当成一种资源来开发、巩固、维护与交换，那是生意上的投资伙伴，这一标准亘古未变。

好的友谊，不与物质利益相勾连，襟怀坦荡，气贯长虹，超越时空。

你可以随时中断与朋友的交流而且毫无顾虑，你随时可以恢复与朋友的交流而且毫无愧歉。

因为你确信，朋友嘛，无论多久没联系，都可以似最初模样。而任意“中断联系”的那段时间，都可以直接忽略而无须解释。

我认为，最真的友谊是这样的：你原以为旧情已远，一切皆成往事，但当你贫困潦倒或病入膏肓时，朋友会突然出现在你的床头，似从未离去。

朋友，就其身份与角色来说，就是第二个“我”。好朋友最高贵的品质，就是其替代或代行“我”的部分功能与作用。

我们经常借用朋友的大脑思考，借用朋友的眼睛观察，借用朋友的双腿探寻。朋友，使“我”的生命时空得以拓展与延续。

如果说爱情是与另一个“我”合二为一，友谊就是缔造出另一个“我”。

真正好的朋友，相当于另一个亲人，而且比自家亲人更了解自己的愿望，为自己保守着更多的秘密。未竟之事，你都可以托付给朋友。

将粗糙面呈现出来相互砥砺

人要将自己“拎得清爽”，就应对自身的“精致面”与“粗糙面”了然如心。“精致面”已然光滑，“粗糙面”仍需打磨光滑才能出以示人。朋友中的诤友，就是最好的打磨器。

无芥蒂，无隔阂，无尴尬，这是多么好的人际关系？大概没有人不向往吧？

只可惜，如此理想的人际关系，现实生活中并不多见，恐怕在真正的友谊中才会有。

无怪乎人们要大肆讴歌友谊！朋友间没有同情与怜悯，只有感同身受。朋友间没有羡慕与嫉妒，只有无尽的喜悦与祝福。

不过，我认为：为了保持思想的独立与人格的完整，朋友之间距离的存在也许是必需的。即使是恋人，我也主张做到“依”而不“靠”，“信”而不“赖”。换言之，不要无原则地迁就朋友，也不要轻易被朋友同化。

知心，并不取消两颗心灵的间距。与好朋友保持自然的间隙，是对自己内心的尊重，也是对友谊的诚实。

朋友间不必强求大家思想观念、道德标准与行为模式完全一致。如果你的朋友都是你的翻版，生活多么无趣呀！

普通人往往是拿光滑的一面出来与人交往，将粗糙的一面留给自己打磨。而友谊呢，不再刻意区分这两面，将粗糙面呈现出来相互砥砺的机会更多一些。

朋友是一面镜子，在这面镜子的映照之下，可以看清自己的优缺点。即使缺点多多也不要紧，因为朋友并没有嫌弃自己。

朋友就是拿来解渴的

人对自己灵魂的要求各不相同，就像有人喜低度酒，有人喝低度酒不过瘾，有人则滴酒不沾。对朋友灌酒只能灌进浑浊而肤浅的感情，友谊的最高境界不是共与宿醉，而是默默无语，用心守护彼此的孤独。

他人是空气，朋友是空气中的氧气。

我是想说，友谊的纯度与浓度比普通人之间的交往都更高些。

朋友就是用来“解渴”的。朋友是口干舌燥之时，应该而且必须出现的荒漠甘泉。

朋友就是交来解恨的。对别人有敌意了，拿朋友来拳打脚踢也不为过分。

交个朋友，不是要他西装革履、油头粉面、假装正经，而是要他与你一起尽情地“不正经”。

人际关系本身够紧张的了，交个朋友不是用来供我欢愉的么?

不可以有恭维

人有百丑，恭维是其一。真诚的赞美不是恭维，恭维自带卑贱，抬高了别人，却贬低了自己。所以，拍马有风险，恭维须谨慎。

朋友关系之所以令人神往与留恋，是因为交往中无需礼仪与客套，没有隔膜与防范。

任何时候都可以开门见山、单刀直入，而不用担心得罪朋友。

朋友之间嘴巴上可以针尖对麦芒，吵起来不可开交，但脚下的步调又可以出奇地一致。

我坚定地认为，朋友间不可以有恭维。

如果你从朋友的口吻中听出恭维，那离你失去这个朋友，或朋友背叛你的日子已经不远了。

朋友是良师益友，更应是严师诤友。

友谊洁癖

万千关系之中，友谊最轻松，因为朋友就是另外一个自己，怎么样对待都不会计较。但若是对朋友有洁癖，那就还是别交往，洁癖导致紧张。越是有洁癖的人，就越是没有朋友的立锥之地。

有的人对朋友期望比较高，想要一种清晰的亲密感。

我从前就是这样，要么就不交，要交就得“特别铁”。

年轻的时候，我们可谓“爱憎分明”啊！那时想：与其尽心费力去讨好一个关系不好不坏、不死不活的朋友，倒不如干脆与其分道扬镳。

交的朋友多了，历经挑挑捡捡、分分合合、聚聚散散，方明白古人为何会发出“花无百日红，知心能几人”的感慨。

友谊与恋爱不一样，并不需要大多数共同面。朋友之间，并不需要都成为知己，因而也可以只有一面之交的。现代社会生活中，朋友有很多类型，完全可以细分。

有友谊洁癖的人，要求朋友什么都与自己一样，面面俱要，真的交不到几个朋友啊！

若是你品德高洁到没朋友，那你也是活该孤独。

朋友圈里的“僵尸君”

电脑桌面每隔一段时间清理一次，自然更加整洁美观。朋友圈里的“僵尸君”，清理还是不清理？“朋友圈”其实是人脉圈。人脉圈里不乏品质劣如蛆蛹，且平素无甚交往之人，必须及时清除，绝其后患。

关于“朋友是否真的值得依赖”，硬要我说实话，那就是：无论对谁，还是指望得越少越好，能自力更生谁也不指望就更好了，靠谁都不如靠自己。

这句话同样适用于对待朋友。朋友亦属于君子之交，清淡点也好。

当然，也不要将社会想得这么灰暗，友谊一般不会如此不堪。

真正的友谊不会过期，因为这是生命的约定，朋友的各种好与不好已深入骨髓。

友谊也不是都能遂人的愿，背叛朋友的也不少。生活如此现实，你不愿见的人还是会来，你不愿做的事还是得做。更何况只要涉及两个人的事，某种程度上潜意识里均存在对价与交易。

朋友之间的欺瞒与纠葛，有时比世人之交更令人惊诧。

当有一天你将要辞别这个世界的时候，当有一天你清理朋友圈的时候，你会发现，好多朋友早就是“僵尸君”了！

朋友就是这样：适合的自动拢来，不适合的自动散去，无需刻意挽留，也不必迎来送往。

悄无声息的陪伴

简简单单地喜欢，静静默默地陪伴，两心相生相宜，相安相悦，差不多是只有爱情里才能达到的境界。要慎重择友，不要把陪伴浪费在讨厌的人身上。这一生别人疼爱自己都还不够，如果有人还愿意抽出时间陪你，心中要充满感激。

在人生低潮的时候，想发出人生高潮时那样的尖叫，声音必然喑哑、混浊。

越是想发声越是无奈与沮丧，心绪越是挣扎向上就越是往下坠滑。

这时候，顺其自然反倒可能有助于恢复状态，人生旅途更有可能柳暗花明。

在人心情低落的时候，若是不能将他情绪点燃，不如干脆任其低落，或继续沉沦下去，你只需陪伴。

有的人只顾自己，在兴奋的时候去挑逗一个郁闷的人，逼着别人高兴，这样做很不道德。

所谓“知己”，不是老在你耳边絮絮叨叨的人，不是老在你身边嘻嘻哈哈的人。

悄无声息地陪伴，耐心地等你度过人生中一段又一段无助与茫然，这样的“知己”才弥足珍惜。

即使沉默，仍是熨帖与安暖

信任是玫瑰园里的花香，友谊是树荫底下的温柔。即使相隔久远，也心念如初，即使沉默不语，也是熨帖、安暖，真正的友谊配得上人间最美的赞词。

友人的陪伴，即使沉默，仍是熨帖与安暖。

朋友间的默契，这是比千言万语更中肯、更令人受用的良药。

当然，友谊还不仅是生活中的温暖与欢乐，更是心灵上的僻静与默契。

友谊不是物物交换，不是利益输送，而是生活中的帮衬与扶持、心理上的陪伴与守候。

正是这样，我认为“是朋友就必须有求必应”的观点是狭隘的。朋友是精神上的支撑与陪伴，本就不是供你谋取利益的工具，任何将朋友当成“人脉”的想法都是对友谊的亵渎。

相信吗？那些对你“另有所求”的朋友都会相继离开，因为多数人的“利用价值”有限。等那些朋友从你这尽取所需，你的结局注定会像被别人分文不给，却放肆地拿空货架上的货那样悲凄。

话又要说回来。如果你不能发现朋友的需要，那还没有尽到朋友的本分。如果你发现了朋友的需要却佯装不知，不主动相助，还等他向你恳求，或者更过分，事先编好各种回绝朋友求援的理由，那你们还是不要做朋友吧！

4 欲望

只要你要，就有机会受辱

人们对有诱惑的东西才有欲望，因此一般来说欲求之物是可以给我们带来幸福的，至少是值得努力满足的。有诱惑就有欲望，迫不及待了就会冲动。所谓“欲望”，无非就是持续且不可遏止的冲动。所以，上帝给人匹配了一种叫“理性”的指挥棒，专门抵制欲望，抑制冲动。“君子爱财，取之有道。”由于有社会的规范，一般情况下，欲望会让给文明，文明也会给欲望留足自由空间。但极端的欲望满足起来有风险，尤其是道德风险，所以需要有“怕规”，也就是有所敬畏，这便发展出理性。欲望是“不系之舟”，全靠理性来引导。所以，理性应该成为欲望最好的朋友，而不是敌人。

“飞速上升”的错觉

高估了自己，就会自我感觉异常之良好，觉得自己在“飞速上升”。其实，这是被五彩斑斓的欲望气球提升着，错把梦幻当成了现实。

心中的欲望此起彼伏，摁下了葫芦浮起了瓢。

谁不是这样呢？谁能说自己无欲无求？

那些说自己一点儿欲望都没有的人，定是自欺欺人。这样的人是断不可信任的。

欲望就像一个气球，当它越膨越大的时候，心就感觉越来越空洞，越来越没着落。

欲望总是拖着你迅速下坠，却每每给人“飞速上升”的错觉。

不能节制欲望的人，内心是喧闹的

欲望从不高声喧哗，却总是蚊蝇一样窃窃私语。欲望使人头昏脑热，不得安宁。欲望多是藏在内心，我们豢养的欲望，就像养了满圈的猪，饲料又不够。

世界那么大，生活那么丰富。这么多想得到的，谁不发愁啊？

人同此心，心同此理。

然而，最看重的东西带来最多的哀伤，最想要的东西也带来最多的惧怕。

当你开始要什么的时候，欲望这个妖孽就趁机兴风作浪，不安全感借机而来。

而当你停止去要的时候，所有这些带给你恐惧、不确定感与不安全感的妖孽就被打回了原形，既毒害不了你，也影响不了你的幸福生活。

不能克制欲望的人，内心是喧闹的。

无穷无尽的欲望，也是致乱之源。

古语云："贪似火，无制则燎原；欲如水，不遏必滔天。"

是欲海，就必定是愁城。欲之滔滔，愁之无尽。

心中装满贪欲，就会引来不幸的魔鬼想与它同居。

要想获得长久的安宁，需要与内心的欲望打持久战。

能够“延迟满足”才足够强大

欲望是头小怪兽，不是你掐着它玩，它就会掐着你玩。人心智的增长体现在成熟，而成熟的主要衡量指标之一是对欲望的控制力。要学会控制欲望，首先要学会延迟满足欲望。

“我有”是无敌的，“我不需要”更加无敌。

“我有”是无敌的，因为不再需要。大千世界充斥着同质的或近似的东西，只要有相同的或可替代的，不要有何妨？

“我不需要”更其无敌，即使我没有也不稀罕。我对你看重的那玩意儿根本不感兴趣，不管你拥有多少都诱发不了我的妒意，影响不了我的情绪。

要懂得节制欲望，更要学会延迟满足欲望。

我们必须懂得驾驭欲望，而不能被欲望牵着鼻子走。只有当你能驯服欲望，对欲望收放自如的时候，心中这个叫“欲望”的孩子才不会任性。

这个时候，我们才足够强大。

欲望没有“天花板”

人眼往上长的时候，欲望就不会更低。

欲望是个穿着奇特的乞丐。

欲望伸出看得见的和看不见的手，通过操控你来获得所需。

而只要你要，就有可能受辱。

欲望出卖了我们，使我们丑态百出，无地自容。

而且，欲望没有“天花板”。

故此，欲望成了贪婪者的不归之旅。欲望会诱使人，会胁迫人，会有许许多多的借口。

例如，我们做很多事情借口为了所爱的人，而真正唆使我们去抢夺财产、争讼利益的元凶是贪婪。

贪婪最常见的结果有两个：竹篮打水一场空，或者得不偿失。

贪婪者为了抢夺更好的位置而让出既有的位置，结果往往不但没抢到想要的位置，再转身时原本那还算不错的位置已被人占据了。

越是贪婪的人，越是容易上当受骗，从而得不偿失。可以说，“贪多必失”是贪婪者的偈语，“得而复失”是贪婪者的宿命。

“欲望山”

单个的欲望不怎么起眼，堆积在一起则是一座“欲望山”。“欲望山”愚公也没办法移，因为刚担走一篮，很快又下了一筐。

一个线团只有一个线头，一个人的欲望则是无数。

各种欲望，像断了的线，错综庞杂，无序交织。

每个欲望都有一个线头，欲望多了，就纠结成张张欲网，将自己层层绑缚。

特别是少年，觉得未来还未来，时间多的是，各种欲念纷至沓来时都全盘接受；认为先将这些欲望暂存起来，日后实现得了更好，即便实现不了，先起个头也无妨。

问题是，欲望的种子就播种在了少年的心田。

成长过程中，欲望慢慢堆积，最后成了一座“欲望山”。

对于少年来说，欲望本身不是问题，一味地顺从欲望，对欲望来者不拒、照单全收才是问题。

须知欲望是柄双刃剑，越强烈越容易伤人。

企图满足自己的欲望，往往是为了维护自尊。而满足欲望，维护自尊的过程，却又往往伤了自尊。

想要生活得轻松超然一点，要么逐步满足欲望，要么坚决舍弃欲望。

别让欲望控制你的“命门”

跟欲望在厅堂里玩上一玩就可以了，不要将其请进内室。有欲望不好，没欲望也没办法活，重要的是需要掌握一个原则，别让欲望控制了自己的“命门”。

明显不好的欲望是容易防备的，拒之“心门”之外即是。

生活中更多的是不容易防备的欲望，这些欲望多是以好、合理、正常、适宜等第一感觉与你结缘的。

就像我这样一个不嗜烟酒之人，偶尔也会接过朋友递给的一根烟，心情特别好的时候也愿意共饮几杯。

起始的时候，都会觉得：偶尔抽个烟，喝盅酒，无所谓的啊，开心就好！

好些欲望，就是经由这些个“无所谓”、“开心就好”这样的罅隙播种到心里的。

稍一疏忽，欲望的种子就会落地生根，开花结果。欲望树终于茁壮成长起来，最终控制了人的“命门”！

知足是个宝

对内在之物，要不知足，才有进步。对外在之物，要知足，才有安稳。尽量不要与过于看重外在之物，而且对现实永不知足的人在一起。

人做任何事情都有自己的动机或目的，有的明显，有的隐晦。

欲望潜伏在潜意识里运作，极尽“说服”、“规劝”、“教唆”、“诱使”、“逼迫”、“恫吓”之能事，左右我们的动机与目的，使我们不得安生。

但是，我们身在欲望的“局”中，并不觉得。倒是觉得欲望是件美好的事，令人热血沸腾。

咋一看来，欲望都是朝向美好的，而且都预设为一定能实现，或者“万一能实现”。所以，欲望颇有诱惑力和欺骗性。

追求美好若掌握在实际、可行、适可而止的限度内，比如尽量去满足那些正确与合理的欲望，那也无可厚非。但切不要宠溺欲望，被欲望利用。须知宠溺欲望就是输给了欲望，为欲望所奴役。

几乎你所想要得到的任何东西，在你开始有想法的那一刻，欲望就主宰了你的大脑。对此浑然不觉的你，很快会沦为它的奴隶。

人生中大部分陷阱是自己挖的，起始的时候一般都是本着各种美好的和追求美好的愿望，不遗余力地满足它们，岂料欲壑难填！

直到累得趴下，我们仍然对“欲望"变身为“美好追求”来蛊惑人的诡计浑然不觉。

欲望与猥琐

欲望越大，人越猥琐。一个人要满足自己的大欲，必须借助权势，他就不得不向人打恭作揖，将头颅差不多要低到两腿之间去。

那些最不容易满足的，往往是最不需要满足的。

我对此坚信不疑。为什么？

因为最不容易满足的多是高大上，归属于塔尖上的所谓社会精英。

不满足这些欲望会死吗？

满足了，只能说有可能生活比绝大多数人过得更好。但这也只是个幻觉，只需追问这么一句：你所说的过得好，是哪种好呢？

就我而言，如果你说你天天可以吃鲍鱼鱼翅，夜夜可以成为所谓名流贵胄的座上宾，那还是歇了吧！

这是最糟践自己的生活！

俗话说："无欲则刚。"我没有那么神圣伟大，因为我依旧生活在俗世，修炼得不怎么样，欲望依旧满满当当。不是有多少欲望就有多少刚强，而是有多少欲望就有多少猥琐。

为了欲望挣生活，无异于变相乞讨。

每个人心中的“欲望之兽”

对物质的欲望很容易打败精神的自尊，这世间不乏如此案例。

关于欲望及其满足：

如果你贪心满满，觉得自己什么都不够，那你就是什么都缺。

知足常乐的人最富有，因为他什么都不缺。

容易满足的人不会轻易发牢骚，容易发牢骚的人不容易满足。

合理的欲望引来幸福，过度的欲望招致灾祸。

欲望这东西就像条狗，你不喂饱它，它就来咬你。但即使你喂饱了它，它也还会饿。

你若不将心中的欲望之兽驯服，它就会窜出来损人害己。但你若完全灭绝了欲望，就可能断送了自己所有的前程。

欲望既是不可戕灭的本能，又是生生不息的动力，既要善待之，又要善用之。也就是说，对待欲望，既要善“持有”，又要善“根治”。

“私欲”不是坏东西

如果将“私欲”理解为仅自己知道的欲望，那就是顶好的欲望，就像进行一项重大而秘密的工程，获得一个无人搅扰的进行环境。

提到“私欲”这个词，你是否会有不安，或者不纯洁的感觉?

其实，“私”是个中性词，“私欲”也一样。对于人来说，无私不立。人需要照顾好自己，照顾好自己是每个人对社会所做出的贡献。那么，这里的“私”，意味着自给自足、自力更生。

“私欲”，不是坏东西。正是人在“私欲”上的千差万别，才衍生出人的丰富感受与体验。若人世间缺少私欲引起的误会、隔阂与猜忌，人际关系虽则简单，但是否也够乏味的。

有私欲就会有隐私，我喜欢感情生活的“亲密有间”，喜欢现实生活的万千滋味，宁愿万众万心，千人千面!

“私欲”本身不是问题，因而一切“私欲”的自然、适度扩张都应得到尊重，但每个人的“私欲”扩张，不应挤压或妨害别人的生存空间。

当“私欲”扩张给他人带来影响，特别是负面影响时，需要开始警惕，适时控制。

“私欲”的无序、无德扩张

有些人日进斗金也不能令人羡慕，因为其不是来自巧取豪夺，就是源自权钱交易，将来不是受到道德的谴责，就是法律的制裁。

每个人都有其秘而不宣的欲望，其中有的欲望暗藏不良动机，而且易将自己引入歧途。

有意无意、自觉不自觉地将自己置身于竞争状态之中，不是同别人竞争，就是同自己竞争，同假想敌或虚拟对象竞争，这是我们紧张、烦躁、焦虑不安的因由。

每个人都有数不清的或巨或微，或显或隐的欲望，如同心窝上的蚂蚁。

究其原因，是我们的“私欲”无序、无德扩张使然。

欲望本身是压力，是束缚，所以得想办法摆脱欲望。

唯有清心寡欲的生活，才能赐我以顺畅的呼吸与从容的行走，而欲望与贪婪，总使我呼吸急促，手忙脚乱。

所以，要效法自然，崇尚简单生活，谨防贪欲的火星子引燃你的人生烦恼。

暴力剿灭“人欲”将付出代价

暴力剿灭“人欲”将付出代价，因为人与欲是两位一体的，须臾未曾分开。更何况，暴力对待欲望，就像切菜时只能切除被切的那部分，欲望时时生起，生活日日如常，如何切得尽？

“每个人只应拿取最基本的那一份，拿多了是有罪的。”

这一次提醒，惠及我一生。

每个人都应以“满足自身最基本需求”为生活准则，这是自爱，也是对别人的尊重。

岂止是对别人的尊重？更是对地球应尽的责任与义务。

自律得好，度把握得恰当，是对行事者自身的祝福与赞美。

人无尊卑之分，欲无高低之别，任何欲望都有其存在的理由。

欲望如天地万物，是它生就的那个样子，我们无权责备、呵斥之。

这么说，似乎我们该受欲望的牵引，照着欲的本能行事。但是，这种理解有偏差，人毕竟不是动物。即使是动物，也知道趋利避害与折中求和。人与动物的显著区别，体现在人有理性，可以节制欲望，对欲望施加“于自身长远有利”的影响。

理性对待欲望，重要的一点，是对自身和别人的欲望保持敏感，对该不该满足自身，以及应该何时以何种方式满足自身和别人的欲望保持清醒。

尽早放弃不可控制的人和事

有些险，不是谁都能冒的。有些钱，不是谁都能赚的。万物各有所属，万事各有定局，所谓“努力”、所谓“追求”，只不过是找对地方去领取命运已封装好的东西。不是你的就不是你的，领错了还得还回去。

有的欲望明显是痴心妄想，白日做梦，故此应该尽早放弃。

不可控制的人和事只会徒增坏心情与坏情绪，与之纠缠只会浪费更多的时间与精力。

还要尽量避免与不可控制的人和事抗争，因为那样做不只是徒劳无功，还会平添烦恼。

人非生而痛苦，而是在有了贪念后才开始痛苦的。

人不是生而绝望的，而是失望太多，之后才绝望的。

贪婪其实一直是与我们为敌的，总是借原本不属于自己，原本不需要的东西戕害自己。

欲望会自动“升舱”

欲望之不省心之处，就像中老年白发，自己无法掌控。所以，养什么都不要养欲望。与其满世界气喘嘘嘘地追着自己跑，不如回归精神世界的简静。

“老师，你说了那么多欲望的坏话，我就更不明白了！你能直截了当地告诉我们年轻人该怎么样对待欲望吗？”

我先说一点点“欲望的好”吧！

人没有欲望行么？没有欲望，既不客观，也不符合人性。

身有“官”，必有“欲”。心有“情”，必有“欲”，古语云“七情六欲”是也。

人体的所有器官，都对应着相应的欲望。

欲望在能够满足的情形下，会自动“升舱”。有“吃”的，必升级成“吃饱”。有“穿”的，必升级成“穿暖”。此乃人之常情，欲海横流，无远弗届。

然而，想一想被欲望裹挟、夹持，被欲望折磨、虐待得死去活来的众生，又怎能对“欲望”心生好感呢？

欲念加身

欲念加身，眼睛会放光。这种光虽热切，却不怎么纯净。不过，天底下有绝对纯净的东西么？再说，你所要的纯净，若带不来身心的舒爽，又有多少人愿意过这种苦行僧般的生活呢？

欲望是身心健康者，尤其是精力旺盛者正常的身心反应。

所以，年轻人对欲望就特别敏感。越没有越想要，一无所有。什么都不能自足的年轻人，自然是“欲念加身”，心中有各种要。

另一部分经济上能独立、能自足的年轻人，有能力满足自己的欲望，享受还来不及呢，根本不会对欲望作深入思考。

他们只会觉得，欲望挺好的啊！欲望使我们两眼放光，使我们精神饱满，使我们血脉贲张，使我们盛情绽放，有什么不好呢？

他们并没有意识到：几乎每个人都是“带欲生存者”。

这使我获得一点启发：对欲望有一定的免疫力，才对自身有一定控制力。

对能控制的欲望无须担心，仅需重点关注那些病态的欲望。而病态的欲望，一般都与身心不太健康有关。

黄金大饼

有些欲望，用“黄金大饼”来比喻再恰当不过。远看是张饼，竭尽全力去追，结果发现是黄金做的饼，不能用来充饥。

安稳的生活，常常会被内心的躁动打翻。

因而，没有内心的淡泊与澄静就难有生活的安宁。

人不给自己画张大饼，生活就难以为继。我们之所以能勉力前行，是因为每个人都画了张“黄金大饼”。这面饼贴在那堵被称作是“未来”的墙上。

每个人都在奔赴这个命定的未来之墙。日夜兼程，只争朝夕，大有“不撞南墙誓不回头”的慷慨与无悔。

我们有时不把欲望叫“欲望”，人更愿意称之为“梦想”。为了这个所谓的“梦想”，每个人都在争取想得到更多，结果往往是适得其反。

“贪多必失”这句古训，少有人上心，一般都是失去以后才追悔莫及。

你想要的就是鸟语花香的居住环境，你想要的就是椰风海韵的幸福生活。可是，当你得到这些之后，又觉得你想要的“不仅仅是”这些。

“不仅仅是”，这种意念越浓，意味着你将要慢慢断送既有的一切。

走向“现世安稳”的路途

欲望不可无，也不可以有太多。人生不过不用力，却也不可用力太猛。控制欲望的数量，提升欲望的质量，学会延迟满足欲望，应是我们走向“现世安稳”的路途。

物质主义者，对物质的索求永无止境。

我倒是觉得，与其物质上欲壑难填，莫若精神上仓廪殷实。

“金玉满堂”并不能彰显高贵与富足，真正的高贵与富足是“恰如其分”。

能够在精神生活方面自给自足的人，以及能够在物质生活方面知足常乐的人，就是懂得“恰如其分”的人。

尽管“放不下的欲望与执念”是一切痛苦的源泉，但必须得承认：有些东西得到了才可以“放下”，有些欲望满足了才能“知止”。而在得到之前、满足之前，是很难完全放下的。

那么，尽可能地满足自己的欲望，尽早地为实现人生梦想而奋斗吧！

这也是走向“现世安稳”的途径。

只是需要记得：当你欲求什么东西，却未能得偿所愿的时候，请不要沮丧，因为你可能失之东隅，收之桑榆。

提防激活你欲望的人

本来往事已往，过去已过，却有人帮你拎回“过往”，使旧日创伤历历在目。本来梦想已蛰伏，欲望已安睡，却有人过来煽动你。若非真善，必有恶意。

有一次夜里睡不着，干脆起床正襟冥想。冥想过后，记录到以下关于“欲望”的感悟：

我知道你为什么痛苦，因为你心中满是欲望。

过分的欲望是绑缚心灵的绳索，放空内心的贪婪就是放生自己。

既要提防心中自然生发的欲望，也要提防那些激活你欲望的人。

心是无底洞，里面住着一个叫“欲望”的怪兽，伴你终生。

失望同时也是醒悟，挫折有助于帮助掐灭欲望的火焰。

欲望招来压力，期待引起焦虑，所以要警惕内生的欲望和外来的期望。

现在将这些记录翻出来，觉得这满满的是“干货”啊！

欲望即风险

欲望使生活更有滋味，但消化不了的欲望会是心病。万事万物阴阳和合，极则必反。善的生活，就是有所节制的生活，应学会尽可能在清汤挂面里去找幸福。

生命不可能没有欲望，然而欲望是有风险的。

从某种程度上来说，人生被未实现的欲望填充。

人生之所以艰难，大概主要是因为不得不对各种欲望进行“风险管理”吧?

于是，又深入思考了一番，悟得了以下一些“金句”:

欲望即风险。欲望之路本就是一条沟沟坎坎、坑洼不平的路。

人生若一直行驶在“欲望大道”上，就难免有颠簸。

将欲望藏在心底就每天有不爽，将欲望付诸行动就每日有辛劳。

欲望起始时带给你多少兴奋，终了时便会带给你多少沮丧。

欲望以“让你付出代价”的方式来增长你的智慧。

欲望将我们燃尽，然后抛弃我们。

5 强大

真正强大的人经得起各种失去

强大，不是强悍，也不是强势，更不是强人所难。强大，是对弱者的一种态度。强大不是在运动会上获得了多少枚金牌，而是没有曾经对金牌的执念。强大不是需要多么成功，而是对成功没什么感觉。强大不是打败竞争对手，而是包容对手并为对手取得的成绩祝福。强大是不与争锋，不再看重别人的看重。强大不是你有多少硬关系，而是多少硬关系都派不上用场。强大不是高度发达，什么都有，而是纵使一无所有，也能够让人看到希望。强大不是征服一切，而是承受不可承受之重。强大不是占有，是容纳。

“不要帮”或许是最好的“帮”

一直牵着，孩童就学不会走路。老是提醒，就妨碍熟记。有一种最好的帮，就是不要去帮，特别是在别人成长的时候。

“老师，怎么样才能使自己变得更强大呢?”

“为什么会觉得自己不够强大？为什么不自己找工作呢??”

“具体也说不上。单说我找工作吧，总是依赖我叔叔。但叔叔工作忙，又不敢催他帮我找。就每天打电话给爸爸，爸爸也不好意思，要我自己找叔叔。自己找工作？太难，太麻烦吧？我们家族找工作一般都是找我叔叔的！我叔叔比较有出息，他也满口应承，并没有拒绝。”

我终于明白了，他们家族整个儿建立了一种依赖机制，宁愿乞求他叔叔，也不愿意自己去找工作。

在一个人人都在为自己拼搏的年代，对别人多一份指望，很可能多一份失望。多依赖一个人，就增多了一个风险点。一个人如果总是指望别人提供安全感，他最终还是不安全的。而且，依赖越多，隐患越大。从某种意义上来说，依赖别人就是对自身的束缚与限制。与其依赖他人，不如依靠自己。

从依赖中寻找安全感，如同从酒精中找清醒。所谓“安全感”是自己给的，别人给不了，给了也不会长久。对于依赖性强的人，帮他的最好方式就是不要帮他。

“上瘾”与“自控力”

为什么有些伤痛我们忘不了？为什么有些事情我们放不下？这是由于我们灵魂的力量还很微弱，缺少“最高力量”的指引，成了迷途的羔羊，任欲望宰割。这种“最高力量”，就是灵魂的力量，就是自控力。

忽然想到“上瘾与自控力”的关系问题，便想深入探究一下。

此前我研究过“变态与自控力”的关系，得出的结论是：可控制的变态不算“变态”。道理很简单，一切尽在掌握之中。

上瘾与变态一样，其守护神均是自控力。自控力直接关系到安全感。沉湎或迷醉于一样东西，一旦过度，就会走向自我毁灭。

如果你不想上瘾，就必须对喜爱的东西保持适当的距离。能从中抽身，证明还没有深陷。

有时候，我们义无反顾地上瘾，争先恐后地陷入，仿佛心甘情愿地被一种“瘾愫”奴役。

成瘾终究是可怕的，最好的状态是喜爱而不依赖，陶醉而不痴迷。

为了避免成瘾，最好每隔一段时间离开使你着迷的东西，或你深爱的人。看看离开后，生活是否如常，时光是否依旧。

上瘾貌似强大，实则是弱小的。自控力强才是真正的强大，能打败任何“瘾愫”。

“安全感”与“自控力”

在危机四伏的世间，要活出从容，必须谨守“三不”法则：不生事、不惹事、不怕事。有人认为，要想有安全感，就得小心翼翼地生活，这却未必。紧张只能带来散乱，从容才能带来安定。

“安全感与自控力”是一种怎样的关系呢?

可以肯定地说：安全感不是来自对别人的控制，而是能够自控。

欲望与上瘾是安全感的天敌。欲望几乎总是令自己不安，上瘾则更是自控力的迷失。

不是你支配你所看重的东西，而是你所看重的东西控制你。

可控制物的缺乏，给人空落落的感觉，这正是内心空虚的症候。这样的人总是想抓住一切，控制一切，最终只是痴人说梦！

到头来你会发现，人生中根本就没什么东西让我们控制，或者我们根本控制不了任何东西，甚至我们连自身都难以控制。

这种感觉其实也挺凄惶的，甚至会令我们感到疼痛。那么，就让我们在疼痛中变得强大吧！使自身变得强大不只是要通过运动来锻炼体魄，更要敢于同自己内心的卑怯与懦弱作斗争。

只有源自内心的勇气和不断提升的自控力，才能给你不移的“安全感”。也只有强者才有更多与更好的选择，弱者只能被选择或坐以待毙。

“自由”与“自控力”

欲望赋予人生以丰富的色彩，理性才能为生命涂抹出光泽。欲望诓骗你世间一切都值得去追求，教唆你没日没夜忙这忙那。理性才会告诉你为其所当为，做其所当作。

“自由与自控力”是一种什么样的关系呢？

越有控制能力人就越自由，因而也越强大，是这样吗？

确实如此。

自由意味着自由选择，更意味着自我控制。自控力增长，自由度也随之增长。

缺乏自控能力而奢求自由，就像不会游泳却要求奔赴大海，不只是得不偿失，更可能自取灭亡。

自由是疗愈与成全自己的机会。但身处自由之境，若陷入长时间的无聊或放纵，那自由就成了祸害。

自由意味着自主、独立与圆满，因而自由是一种能力。自由不是别人施舍的物件，而是由你创造、生产与使用，并使你永葆张力与活力的法器。

自由不是静态的东西，而是蕴涵着某种动力、活力。这种力量源于自我控制力。

自控力强就可以放任，自控力弱就没办法放任。“游刃有余”与“力不从心”，大概这就是自控力一强一弱之间的显著区别。

自控力之于放任，如同酒杯之于酒。上好的酒杯使酒的本色有最佳的呈现，坚强的自控力使生活更精彩。

承受得起，担当得了

人的悲哀与无解在于，明明是活在意识之中的，却切切实切地受着潜意识的指引，以致经常迷失了方向。强大使成功成为可能，但单纯意志的强大并不一定能使人幸福。

经常会有人问我："强大的人是什么样的?"

在我看来，"强大的人"是这样的：他对于环境有较强的适应性，随遇而安。

正因为如此，强者成功的概率更大一些，并且确信成功是自身努力的结果。而弱者习惯于将成功归于"偶然"、"凑巧"、"幸运"或"运气好"等因素。尽管强者口中也会有诸如此类的谦辞或自我解嘲之语，但强者根本就不认可这些。

强大的人，无论何时何地都能找到快乐。而且，强者不太在乎别人对自己的评价。

每一个在乎别人的人，都是被别人牵着拽着，故而不得不慢慢走路，这种人就不能算是真正强大。

总是需要别人，自己怎能强大。强大是承受得起，担当得了，真正强大的人经得起各种失去。

对此，我自己特别有感受。

我的强大不仅在于我的不需要，更在于我不害怕失去。因为我早已经受过生活的困厄与心灵痛苦的洗礼，因而具有一定的免疫力、承受力与抵抗力。

没什么不可以

有人认为，人真正的强大是能维护自身的尊严。其实恰恰相反，真正强大的人反而不会过于在乎自己的尊严。倒是那些开不得玩笑、老虎屁股摸不得的家伙，稍有冒犯就会恼羞成怒。

“什么样的人才是真正强大的人?”

真正强大的人，没有恐惧，是“没什么不可以”的人。

真正强大的人，不是强势的人，甚至也不是强者。真正强大的人不人云亦云，不随波逐流，有自己的观点和看法。

真正强大的人，对人不是势利，而是慈爱。

真正强大的人，不需鞍前马后，不需众星捧月。

真正强大的人能从寂寞中开出花来，能在孤独之炉中冶炼出黄金般的品质。

真正强大的人不迷信机遇，认为没有机遇比有机遇更富有挑战性。泥泞小路比通衢大道更能引起他们的兴趣，不毛之地比萋萋绿洲更能激发他们建设的热情与决心。

强大就是无论发生什么事，都阻止不了自己力量的增长，反而会激发力量成几何级数倍增。

永不餍足，永远寻求

在物质世界里，你每多占有一份，就总有一人减一份。精神的世界里则无此问题，你懂理越多，修养越高，不但不会损害到别人的利益，反而会福惠于人。

肉身终究是脆弱的。我们说一个人是否强大，通常是说这个人的影响力，特别是品格的坚韧度如何。

一个人品格上的坚韧，取决于其精神气质上的坚持。

人的精神力量比其骨架坚硬一万倍，是压不垮、推不倒的，由信念、价值观等特殊材料铸造而成的一种“合金钢”。

故此，人的精神应该是披荆斩棘的刀斧，帮助自己开辟出美丽新世界。

精神气质越刚强，生活就过得越爽滑，生活的微尘污垢很难沾身。精神气质越柔弱就越会被琐屑与无聊之事缠身。

想要在精神上保持强大，积极的心态也比较重要。积极的心态就是对正能量认可和接受的态度。

永不餍足，永远寻求，这就是精神的力量，也是精神生活永恒的魅力所在。

正能量散在于有形无形中，只有积极向上的心态才能吸附到。

积极的心态能点亮精神之烛。只要心态积极，身边的一切都能给你正能量，即使是小小一片雪花，也能让你看到这个世界的纯洁与美好。

6 恐惧

越是恐惧，越要温柔待己

谁没有个“怕”呢？恐“怕”带不来安稳，但能使人安生。人因为有怕而可爱，没有任何“怕规的”人才真是可怕。岂不闻：“大恶病中，戒为良药；大恐怖中，戒为守护。”没有“怕规”，焉有戒心？“惶恐滩头说惶恐，零丁洋里叹零丁。”恐惧与孤单，伴随人的终生。什么“恐惧”，无非就是我们贪生怕死、跌跌撞撞的脚步带起的泥浆。人类将对死亡的恐惧泛化了，以致我们甚至能体验到空气中弥漫的恐惧气息。恐惧是后天习得的。摆脱恐惧，就是要通过学习来强大自己，用知识来剔除恐惧，用能力来平抑恐惧，用意志去击退恐惧。如果你足够强大，还可以敞开胸怀接纳恐惧，将恐惧当作佛脚，抱之吮之。

“恐惧清单”

·恐惧的真相是什么？恐惧的原型又是什么？有人会回答是懦弱，但这绝不是最正确的答案，因为懦弱只是恐惧的表现形式。恐惧的真相，或者原型，其实就是心中的欲望。

我们得好好认识恐惧，因为恐惧天然“不祥”，对人构成巨大的威胁。

我们得好好面对恐惧，因为恐惧是“不安”之源。

如果能去除一段恐惧，就会少却一长串不安。

生活中，每隔一段时间就应该清理一下恐惧。因为恐惧太影响正常生活了。譬如，当你觉得不知怎么的老是感到不舒服的话，那很有可能是恐惧在发生作用了。

这个时候，请列出你的“恐惧清单”，给每一个恐惧打叉，杀无赦。

在恐惧面前需要勇敢，你若对恐惧低三下四，恐惧便对你盛气凌人。

恐惧多源于“相见欢”

恐惧更多源自内心的欲望。因为你想得到又怕弄不好得不到，你怕任性地行动会导致失去一些东西，任何需要都会滋生害怕，欲求越急切，越是关键时刻，就越是害怕。

恐惧不一定来自面目可憎的人与事。更多的来源于那些“相见欢”的东西。

例如，那些能够带来稳定、安全、温暖的人，我们都迫不及待地抓住，怎么也舍不得松手。而正是我们深深迷恋与依赖，并视若珍宝的人或事，渐变成恐惧之源。

因为我们害怕失去。

恐惧捉住了勇气的翅膀，反缚住了我们的双手，使我们无法着力改变现状。

于是我们更加恐惧，开始寻找各种各样的借口为自己开脱。我们用“世界本该如此”、“命运无法改变”等诸如此类的理由为自己辩护。

“你看，努力也没有用!”“还是改变不了什么!”在一次又一次的“强词夺理”、“自欺欺人”中，我们不知不觉地沦为恐惧的帮凶，制造出更多更大的恐惧。

这就是恐惧产生作用的原理与真相。

对恐惧本身的恐惧

培根说过："恐惧是粉碎人类个性最可怕的敌人。"在对人身心产生伤害的所有情感之中，恐惧是最有杀伤力的。这其中，最折损人的，又是对恐惧本身的恐惧。因为找不到恐惧源，恐惧是没有方向性的，是发散式弥漫的。

我们总是那么害怕，仿佛一直住在一个叫"恐惧"的壳中。

人们对恐惧的害怕相互传染，致使我们还不明白恐惧是何物的时候就开始有了恐惧的感觉，而且记忆深刻。

恐惧正是借助"人云亦云"、"以讹传讹"达到其目的。

恐惧唬住我们，蒙蔽我们，诓骗我们说这个世界上没有更安全的地方，劝我们一直就这么呆在一幢叫"恐惧"的心理屋中。

于是我们更害怕了，感觉若是从那里爬出来，定会陷入更加令人惶恐的深渊中。

而事实上，恐惧之物本身并不太可怕，因为大多数令人恐惧的东西，内里是空虚的，就算它包装得再精美。

向着恐惧之域奔跑

常识告诉我们，接近恐惧之物有助于消除恐惧。勇气会带动勇气，行动会接续行动。越是逃离恐惧之物，恐惧之物就越发可怖。反其道而行，径直向恐惧之域奔跑，恐惧就被赶走了。

恐惧牢牢地控制住我们，扭曲天性，消耗能量，破坏生活，与心中的一些负能量相勾结，为非作歹。

恐惧很容易跟邪恶结盟。因为恐惧的震慑作用，可在极短的时间里钳制你，降服你，使你俯首称臣。

这个时候，只要有人施以援手，只要这个人能助你摆脱恐惧，不管其用什么手段，可能你都会被迫同意。

恐惧的振幅与频率极易被邪恶侦察到，并刺激邪恶表现得更加邪恶。

恐惧招来魔鬼，只有勇气才能驱魔镇邪。

摆脱恐惧的最有效方法，是向恐惧之域奔跑，直面恐惧。

进入恐惧之域后转身逃跑，恐惧较之前更甚。恐惧最怕来自人正面的勇气，逃避只可能激发更大的恐惧，直至缚住你的双脚，使你完全不能动弹。

恐惧之所以能对我们产生作用，往往是由于我们没有准备好。当我们什么都准备好了，就什么也不用怕了。

越是害怕越要尝试

“要克服恐惧和忧虑，请保持忙碌。”然而，这毕竟治标不治本。摆脱恐惧的折磨的最好办法，是将每一次恐惧都当作是斗胆和练手的机会。

对待恐惧，你要像对待旷野上的狼一样，直视它的眼睛，逼出它的怯弱。

恐惧偷袭我们的办法千变万化，反击的方法只需掌握一种，那就是：向前、向前、再向前，勇敢、勇敢、再勇敢！

勇气昂首阔步，恐惧就会节节败退。

因为恐惧本身是胆小的，你若是特别勇猛，恐惧就不敢造次。

越是害怕的事越是要尝试去做，这是恐惧的脱敏法则，是治疗恐惧的灵丹妙药。

想一想，既然“恐惧”不是什么好的东西，那么恐惧它干什么？

恐惧的“酵母”

恐惧的“酵母”其实有两个，一是欲望，一是想象力。欲望引起恐惧，想象力夸大恐惧，欲望和恐惧如影随形。

恐惧与欲望一样，是我们自己培养出来的，是不正确的观念与行为滋生。

凡事恐惧的人，都对相关后果作了最坏的臆想，而这臆想往往都被无限放大。

恐惧最喜欢负面信息的摄入，最喜欢负面情绪来煽风点火，添油加醋。因为负面情绪是恐惧加工厂的最佳材料。

所以，不要无端地恐惧。莫名其妙的恐惧，会消耗掉人的能量，汲尽人的精血。

恐惧者易受伤害，敏感者也易受伤害。一个敏感的人，与恐惧的情绪结合在一起，会带来加倍的伤害。如果不勇敢地面对内心的恐惧并及时予以消解，恐惧就会在内心发酵、膨胀。

胡思乱想是恐惧的“酵母”。

拿过去的恐惧吓唬现在

希尔泰认为恐惧通常是一个人干某种不法勾当的证据。恐惧的时间维度，可以顺向未来，也可以逆回过去。只要过去没作过恶，就不用拿过去的恐惧吓唬现在。

恐惧是什么？欲望是什么？恐惧不正是你心中的欲望吗？

有多少欲望就有多少恐惧，消灭多少欲望就能战胜多少恐惧。

内心强大不是全无欲望，全无恐惧。人不可能一无所求，有欲望不要紧，关键是知道如何调控欲望以克服恐惧。

越是有欲望，就越害怕失去为满足欲望而奠定的条件。

越害怕失去就越是恐惧，对所恐惧失去的东西抓得越紧，这“恐失之物”会转过头来反咬你一口。

现实的恐惧是可以理解的。不能理解的是，有些人会拿过去的恐惧吓唬现在，拿过去的不愉快折腾现在。

这样做，与拿别人的错误惩罚自己有什么不同呢？

最小的勇气也会有亮光

“只要下定决心克服恐惧，便几乎能克服任何恐惧。”这句话倒是说对了，因为最小的勇气也会有亮光。

在人类主张保留的一切观念与事物中，都有对被保留物的恐惧与敬畏的成分。

恐惧本身是天然存在的，如暗夜里的幽灵，无迹可寻却又无处不在。

物理的恐惧容易消除，难以消除的是心理的恐惧。你若不藐视内心的恐惧，它便会蹿出来对你虎视眈眈。

虽说有些事情迟早会发生，我还是会害怕某个夜里被惊醒。

举个例子来说。在现实生活中，经常会有人遇到谣言的中伤，这使人对谣言充满畏惧。

这真是个有趣的现象，恐惧与谣言经常相生相伴。二者的共性是，都可能是无中生有，都可能是捕风捉影，都可能是添油加醋，都可能是小题大做。

好在与谣言一样，恐惧最怕见到的也是事实或真相，恐惧与谣言都会见光死。当内心恐惧的角落被照亮，恐惧就会消散。当事实真相大白，谣言也就不攻自破，丧失其杀伤力。

越是黑暗，越要有亮光。越是恐惧，越要温柔待己。

不管怎样，要相信勇气也会发出亮光。做个有心人，尝试在恐惧中暗自积蓄力量，增加勇气吧！

7 怨恨

用爱与谦卑浇灭怒火

“人生几何，百忧俱至。”庾信的《伤心赋》写得够伤心了。“一杯销尽两眉愁。”晏殊《浣溪沙》又添心塞。“抽刀断水水更流，举杯消愁愁更愁。”人生怎一“愁”字了得！然而，闲愁易散，宿恨难消。与忧愁不同的是，怨恨具有更大的毒性。“西风多少恨，吹不散眉弯。”纳兰性德咏寒柳的诗句，述尽人皆有之的悠悠之恨。怨恨的人，若要展开其五脏六腑，每个细胞都写着“不满”。实际上，这些“不满”上的背书，多数是没有道理的。

人性需要修补

古人云：一朝之愤，忘其身，以及其亲。凡是愤怒，必有伤害。怒火的出口处，正是人性中需要着力修复的短板。

愤怒是一种正当防卫，不过经常会防卫过当。因此，有必要学习驾驭愤怒，尤其是要学会让愤怒“紧急刹车”。

愤怒有一种不顾一切的特征，憎恶有不肯服输的品质。但切记愤怒只会使自己更加愤怒，憎恶会使自己变得狭隘。

想要了解一个人的真实修养，最好观察他被激怒的过程。愤怒爆发的地方，正是人性需要修补的地方。

或许我们难以阻止愤怒的来临，但延迟愤怒，然后将愤怒友好地打发走，这是我们能够做到的。

在现实生活中，有的人喜欢“煽阴风、点鬼火”，利用人与人之间常有的隔阂与误会，裹挟谣言，挑拨离间，这是我们需要注意防备的。

特别是要谨防别有用心的人通过夸赞你讨厌的人来激怒你。撮合你们爱的人很多，挑拨你们恨的人也有之吧？

还要谨防那些通过激怒别人对某人、某事的愤怒，达到泄自己私愤目的的借刀杀人者。相信多行不义必自毙。

转瞬之间你变成魔兽

亚里士多德说过："愤怒可由时间治愈，仇恨则不能。"发泄愤怒就像是射出去的箭，没法撤回，就在别人心里种下了仇恨的种子。自己的愤怒可以止息，别人的仇恨却没法忘记。

愤怒，多数情况下是与占有与掠夺相关联的，因而会暴露出自己迫不及待的贪欲。

愤怒的实质，是借着愤怒逞强、逞勇。而这所谓的"强"与"勇"，愤怒者未必真有。

可见，愤怒的表达有时也是虚张声势，拉"愤怒"这张虎皮做大旗而已。

愤怒者发怒时，内心只有一个念头：击败对方，置对方于死地！

足见愤怒者之非理性，之独裁，之嚣张。

愤怒，证明你已黔驴技穷。

愤怒与仁慈毫不沾边，它只知道疯狂地叫嚣：毁灭它，毁灭它！

愤怒是对理性的镇压么？不，是摧毁！

愤怒是转瞬之间可以将你变成魔鬼的东西。

心怀叵测者窃喜

培根指出：“愤怒是一种卑劣的素质，受它摆布的往往是生活中的弱者，如儿童、女人、老人、病人。”愤怒是一种幼稚病，属于心智尚未发育成熟者所常为，极易被人利用。

假若发怒根本解决不了问题，那么发怒只能加剧愤怒，并使愤怒逐步升级。多数时候愤怒伤不着别人，倒是会伤着自己。

譬如，我们每个人都有这样的体验：恐惧与愤怒往往是交织的，恼恨交加，又恨又怕。愤怒的时候，勇气首先冒将出来，随即就有恐惧相伴相随。

人在准备发怒的时候，往往会想到后果，闪念之间也能瞥见心中恐惧的影子，对发怒后果的恐惧与担忧若隐若现。

人在发怒的时候，很难控制住自己的言行举止，很难管理自身的形象。

平日花很多心思与精力塑造出的美好形象，可能就因为一次发怒而崩塌。

另外，在发怒之前，先平心静气地看看当时的情景，想想是否正中对方下怀，是否有心怀叵测者躲在角落里偷窥、窃喜。

给自己的灵魂施暴

愤怒是典型的拿别人的错误惩罚自己。愤怒使别人受损，但受害最大的还是自己。愤怒是心智的退阶，灵魂的自虐。

仇恨会撕碎人的心灵，使灵魂布满伤痕。怒火会扭曲人的脸，使面孔变得可憎，瞬间使人成为“睁眼瞎”。

无法克制怒火的人心胸一定很狭小，制怒比发怒更能阐释勇敢之含义。

在怒火即将爆发的时候，输入适当的信息，能及时阻止、疏解或削弱愤怒的破坏性。

在你发火或回击前，请合起双掌，保持几分钟时间的缄默。然后想想弥勒佛的慈祥和观音菩萨的微笑，相信你的怒火一定会平息。

冷静不是懦弱，是比愤怒更强大的力量。

当你只顾着自己痛快，倾泻怒火的同时，你也在给自己的灵魂施暴。

冷静下来后，你很可能会感觉到良心不安。

愠而不怒

在人们日常所发的怒气之中，绝大多数并无很深的恨意，而是由于即时感到的厌恶，或者好情绪、高自尊被突然破坏。也就是说，绝大部分愤怒是可以避免的。事实上，绝大多数人也都做到了愠而不怒，留着自己消化，避免了较大的麻烦。

脾气发出去伤着别人，不发出去伤着自己。

正确的出路是找到合适的渠道宣泄，使脾气于已于人的伤害程度降到最低。

没有无名火，没有莫名的愤怒，一切皆事出有因。耐心地倾听别人的愤怒吧，分辨出点燃对方怒火的导火索。

当愤怒这种情绪产生时，斥力就随之形成。

你若想孤立自己，且尽情愤怒吧！当你破口大骂的时候，有没有想到飞溅的唾沫，已经让你孤立无援。

即使不得不愤怒，也请尽量选择温和地愤怒。温和的愤怒是一种充满爱与慈悲的愤怒，是良性的也是优质的愤怒。

若是能做到愠而不怒则是更好，愠而不怒是一种品质。

如果有人无端对你破口大骂，不要觉得委屈，而要给予同情。无端对你破口大骂的人，一定是心灵的病人，骂是他们自我治疗的方式。

这是上帝恩赐于你辅助他疗愈的机会。

怀抱仇恨如同怀抱炸弹

英国本·琼森说："一个人一旦被人憎恨，他的善举和恶行就会一起压迫着他。"从良心的角度来看，仇恨是与所仇恨的人同归于尽的东西，根本分不出胜负。

善良貌似柔弱实则最坚韧，仇恨貌似坚硬实则最脆弱。

仇恨是易燃易爆品，怀抱仇恨如同怀抱炸弹。仇恨煽动我们不计后果，拼命报复。

事实上，复仇不会带来安全，也挽回不了失去的尊严。真正获得安全和维护尊严的方法，是通过忍辱与宽恕使自己变得比任何时候更强大。

当你嫌恶一个人时，他的缺点必然增多。如此看来，不满与嫌恶算是比较主观的，与情绪的含量共涨共消。

只有时间会使时光柔善起来，也会使那些仇恨绵软下去。所以，仇恨生起之时，不要贸然口诛笔伐，更不要贸然采取行动。

做一个不轻易动怒的人

拉罗什福科有一句箴言：“当我们的恨太活跃时，它就把我们降低到我们所恨的人之下。”没有人愿意与轻易动怒的人在一起，也很难想象动辄恨人的人身上有什么优秀品德值得学习。

愤恨开始使生命活跃，但长久下去则会减弱生命中的活性，并使精神坏死，使爱腐烂。

泄愤是我们常常愿意去做的一件事，但泄愤与自我防卫一样，易过当。

如果说泄欲还能得到一点安宁，泄愤则只能得到狭隘。

我们在社会上发泄愤怒，次数是有限的。多数怒火我们会压抑住，回到家里再宣泄，转嫁到亲人头上，亲人往往成了“冤大头”。

不是不可以对亲人发怒，而是建议对亲人发怒后，能及时对他们说声“对不起”。

我们不能得寸进尺。切记，愤怒会折断爱的翅膀。

平复愤怒需要用爱与谦卑。有了爱与谦卑，就有了平和与温情，怒火也就自然消退。

做一个不轻易动怒的人，对生活诸事，不缺宽容，不失良善。

仇恨的毒性

鲍斯威尔说："人的恨比爱更坚定，如果我讲过一句话伤害了某个人，我再对他说多少好话也无济于事。"人的仇恨都是从"恨死你"开始，以"悔不该"告终。

憎恨除了带来更多的憎恨，并没有任何其他功效。

恨只会占用你的时间，使你心里不爽，而这正是你的敌人所期盼的。

除此之外，恨还能给你什么？它能增加你的知识、扩张你的权力，能给你更多的快乐吗？

显然，除了负面的东西、负面的情绪，更多或更深的仇恨，恨什么也给不了你。

心里憎恨谁或讨厌谁，只要有机会就想说出来。对于仇恨双方，仇恨隐而不现都具有更大的毒性。

但最好是拖一下，或者交给时间慢慢去消仇解恨，以免误伤他人反而得不偿失不得不为自己的后悔买单。以为说出来可以解恨，事实上逞一时口舌之快反而后患无穷。

恨是一种煎熬

恨，最可恨的地方，是恨的人未必敢公开自己的仇恨，因而被仇恨的人可能压根儿就不知道有人在恨着他。这种煎熬，如同吃了苍蝇，只能恶心自己。

记仇，这是很多人都无法避免的事情。

既然憎恨或讨厌的人是恶毒的刺，为什么要将它们带进心灵的花园，并用自己的心血浇灌并滋养它们呢?

恨自己是伤害，恨别人同样是伤害。

因为你所恨的那个人可能对此一无所知，而那种陈年旧恨及附属品将一直在你心中发酵。

可见，恨是一种煎熬。

带有仇恨的记忆相当于延续“仇人”加诸你的伤害。怨恨对于他人无关痛痒，而对于怨恨者本人却是毒药。

铭仇记恨会诱发报复心理，而报复的想法不仅给自己带来风险，也强化了自身的无力感。

对于仇恨，智者选择放下或遗忘。

8 孤独

穿透这堵墙就是光明

这世界上，永远都存在穿不透的东西。太阳光再强烈，对有些材料它也无能为力。这世界上，同样也存在常人无法理解，甚至无法忍受的东西。你若能认识到这一点，就不会对这个世界啧有怨呔，就不会认为己之所恶必人之所恶，己之所好必人之所好。世界上所有的东西，有两个特点：其一，都是分层分级分类的，你所居的环境，精准定位了现在的你所处的层、级、类；其二，都是分作两份来准备的，常人一份超人一份，或者说凡人一份伟人一份。孤独对于有些人是逃之避之，对于有些人则是苦心难觅。即使是同一个我，少时最闻不得的就是中药味，可现在却觉得中药味是一种浪漫的妥帖，是一种缓释的安稳。

唯孤独真实无欺

如果没有发明“孤独”这个词，可能世上就没有那么多人觉得“孤独”。孤独在某种意义上讲是一种自我强化，就像是将某些类似的情绪与感觉捆扎起来，使孤独的感觉自动聚焦。

每次碰到“孤独”这个词，我就莫名地忧伤起来。

我并不十分清楚“孤独”是什么，但我感觉到在人类的精神生活中，似乎只有“孤独”才是“干货”，只有孤独才是真实无欺、坚硬理性的。

灵魂深处的孤独，与喧嚣的尘世生活划清了界限，这使我有时更愿意呆在孤独中。

孤独保持缄默，使我富有生命的秘密。孤独在我的唇齿之间安上栅栏，避免我说出许多罪恶与浅薄之话。

社交并不能结束孤独，反而会加重孤独。特别是散场后的落寞与悔恨，使内心备受煎熬。

无论做什么，忙完了都还是要回到自己的孤独中。

孤独是每个有灵魂的人的精神家园，人终究只有回到内心的孤独，才会有细致的体验与深刻的思想。

喊出你的孤独

孤独是可以喊出去的，正如恐惧可以喊出去。当然，这管不了多长时间，更多的时候我们还必须与孤独和平共处。

没有孤独就没有品位，正如没有疼痛就没有眼泪。

只有在孤独的幽谷里，才能开出最馥郁的花。

孤独的花朵质地忧伤，品质高贵。

如果一个人从没有孤独过，那说明其从未深刻过。

没有经历过孤独的沉淀，人是没有质感的，其所拥有的一切精神财富都经不起推敲和琢磨。

我感觉，孤独不总是平静的，它有时候是一种撕心的呐喊。尽管孤独的呐喊依旧无声，但是它与攥紧的拳头一样有力量。

当痛快地喊出你的孤独，被禁锢已久的灵魂无比快意地被撕裂的时候，仿若一道温暖的光刺破黑暗的世界，霞光四溢。

孤独是棵菩提树

孤独的时候，周遭一片静寂，但不可能完全空白，它只是生机勃勃被夜色藏了起来。孤独的世界充满温情，属于它的只有永恒的静默、生长与流动。

就像佛陀得道之前在菩提树下的禅修，使得思想的孕育场清静而且纯粹。

孤独正是这样一棵菩提树。不要说孤独有一种蚀骨的寒冷，又有一种逼人的锋利。我想，正是由于这种寒冷与锋利，成就了思想的冷峻与尖锐。

最深刻的思想与最闪亮的灵感都是在孤独中孕育的，孤独可以说是思想者的私享，别人无福消受。

当我进入孤独之境，内心其实已经隐约有对“悟道”的期待。孤独之后的幡然彻悟，比平日冥思苦想的收获要多。

当孤独助我对长期以来“百思不得其解”的某一人生命题破题时，我的内心犹如涨潮了一般朗润与欢欣。

非孤独不能造就出色的思想者，孤独是对思想者的奖赏。

对于思想者来说，孤独应该是一种令人上瘾的元素吧？在思想者的体验中，孤独定会带给他宁静沉思的快感。

在孤独之境中，思想在生长，智慧在开花。

思想升华的过程

越伟大，越有独创精神的人越享受孤独。正如苏菲娅·罗兰在《生活与爱情》里所言：“孤独是我灵魂的过滤器。孤独给我以营养，使我恢复青春活力。”

更深的孤独会淹没现有的孤独，就像夜会吞没黄昏。这当口发生了什么呢？

更黑暗了？是的，但是不是也更静谧了？

然而，在更黑、更静之中，我看到了敞亮。又仿佛是，黎明吞没了夜。

思想升华的过程，正像夜与昼的转换，黄昏与黎明的交替。

在这种宁静的转换与交替之中，思想的火花又一次被擦亮。

可见，孤独是思想的灯油，而思想是孤独的灯焰。

写作者的孤独

可以肯定地说，没有经过孤独，就不会有真正属于自己的思想。换句话说，没有经过孤独沉淀过的写作都是没有分量的。

我喜欢阅读与写作，喜欢与一切有灵性的深邃的思想相逢。我在想，灵感是什么？思想之于作家意义何在？

对于思考生命与生活的作家，揭示人生哲理需要灵感，因而孤独对于这类作家不可或缺。

灵感是思想的菁华，是在生命与生活的熔炉中萃取或提炼出来的，所以，灵感是孤独的产品。

好的思想要经过灵魂的孕育，经过孤独的甬道才能分娩。

作家借写作转移或稀释内心的孤独，涂改他已然熟悉却开始厌烦的生活，并杜撰或幻想出他无缘体验的生活。不管怎样，对于作家来说，孤独是最可宝贵的。

孤独是黑夜中的萤光。写作者的孤独犹如一盏澄明的灯，缺少这盏照进内心的灯，作者将回顾茫然。

由此可见，孤独是作家灵感的源泉，是神来之笔的幕后推手，是奇思妙想的烘焙机。

生命的休整与补给

雨果说：“凡是过惯孤独生活的人都懂得独语是很自然的事情。心里的话非发泄一下不可。对着空间大声讲话，就是和心里的神交谈。”任何深刻的阅读与写作，都是一种孤独的交谈，与历史，与人文，与自然，更多的时候是与自己。

就人生体验而言，孤独是成长的阵痛。

同时，孤独也是绝望的回声。

这回声如此铿锵有力、振聋发聩，乃至绝望被惊醒了，重生出新的希望。

不经历孤独，生命体就会焦虑不安，生活场就会纷乱无序。

如若作家不经过孤独的沉淀，混杂的思想和混乱的情绪就难以理清。这样的东西一旦散乱在作品中，就会影响他人。

可见，无论是对于常人还是作家，孤独都是生命的休整与补给，也是对思想的沉静与梳理。

写作则是纯粹的孤独。不过，这种孤独会因为顿悟，带给写作者间断的欣慰，犹如老母鸡陆续孵出小鸡的兴奋。

阅读者是幸运的。因为阅读者尽管通过阅读体验到孤独感并陷入孤独，但并非孤军奋战，至少有作者或作者的灵魂做伴。

阅读者的孤独，是走不进作者用文字所呈现的世界。写作者的孤独，是用文字难以完全呈现出其想象中的世界的。

锻炼隐忍与坚强的好时机

巴尔扎克说："普通人都难以忍受的孤独，处在逆境的人由于不信任任何人，对这种孤立更加敏感。"孤独是用特殊的材料做的坚硬、冰冷的壳，"带壳生存"不容易，需要坚强、隐忍。

孤独是可以触知的，就像老去是一种别样孤寒，触知它只需第一根白发。

孤独也可以是一种生活方式的选择，只要你会享用。但是，孤独也是有风险的，那就是可能滑向抑郁与自闭。

人只有处孤独之境，才能比较清晰地发现自我，不过也只能看清大致的轮廓。

一个人，一个人，终究还是一个人！

这就是人初始与最终的状态，也是绝大部分时间里生命的真实状态。

既然独处是锻炼隐忍与坚强的好时机。那么，学会在独处中成长，让孤独成为一种修行吧！

孤独者才会与自己交谈

塞涅卡说："井然有序的思想的主要标记是，它能够画地为牢，忍受孤独。"只有孤独者才会与自己交谈，交谈的结果都是十足的思想干货。不孤独的人总在与别人交谈，他们只是交换浅显的看法，鲜见深刻的思想。

除了孤独，人们常常感受到的还有寂寞。

孤独与寂寞有什么不同呢？孤独是没有心伴，寂寞是没有玩伴。

因为不想与人说话或更愿意独处，这其实是寂寞。

抵御寂寞的最佳办法，是放弃抵抗寂寞。

一些看似不好的东西，只要将它们看作人性修炼的途径机会，便有助于人身心健全。寂寞也是这样。

寂寞就同我们通常所说的"孤单"，或者"落单"。即便如此，那又有什么不好呢？

我们可以悠闲独处啊！研究证明，每周一次两个小时左右的悠闲独处最能滋养我们的心灵，平复我们的情绪。

悠闲独处的时间，是清理心理库存的最佳时机。因为这个时候各种记忆会苏醒，各种问题会接踵而至，各种想法需要梳理，各种问题需要沉淀，各种情绪需要澄清。

人要是独处时不会享受，那群游时一定会更加落寞。真正自信的人愿意花时间陪自己，真正孤独的人会真心实意地与自己交谈。

孤独是思想者的天梯

孤独是不期而遇的沉思，最不能刻意而求。孤独是思想者可遇不可求的开阔之境，辽远深幽，妙不可测。所有严肃、庄重、超脱、机智的思想都由孤独而来，孤独的温暖与冷峻常人体验不到。

每一个出类拔萃的人，都曾在孤独中汲取过营养。

孤独不仅是思想的深刻，更是品行的傲岸。

孤独是思想者的天梯。

真正的孤独者，思想在云端之上。他反倒感受不到孤独，因为孤独俨然他的生活方式。

对于思想者而言，尽可能要退出人群，置身事外。退得越远，场域就越开阔，越是能保存好自性与完整。

然而，孤独不能刻意，也不用蓄意与社会隔离。因为若想看清丰富的细节，还得将自己置身于社会之中。

并不是人人都配得起孤独，孤独是思想者的特征之一。一般大众感觉到的孤独其实是孤寂，因为他们的思想从未沉淀过，从来都没有清澈过。

孤独之境中，往往会出现对生命的本原与人生的重大诘问。利用这难得的机会探究一些百思不得其解的问题，也是孤独的价值所在。

对于思想深刻的人来说，孤独才是真正完整与强大的。

人在孤独之境中什么也不缺，什么也不用想，只是静静地享受，犹如仰望星空的静谧与安宁。

孤独——灵魂的高地

当不理解、未接受孤独时，孤独就是漆黑的天穹。当理解并接受孤独时，孤独就是星月的朗照。当孤独必须承受时，人就没有伤感的权力。孤独荡涤猥琐，剔除污垢，扫除秽气，是精神生活的圣殿和灵魂的高地。

真正的孤独者，不孤僻粗俗，反而柔和温润。

只有细细品味孤独，才能体会到孤独于人的缓释与沉静作用。

孤独是提升人生境界与个人品质的绝佳时机，若是能意识到孤独对于心灵的价值，善莫大焉。

孤独是心境的低处，却是灵魂的高地。

悠闲之时适合播种，孤独之时适合深耕。孤独是深记得思想的土壤。

孤独之境不是一团漆黑，相反，它是黑暗中的光明。孤独也不是逼仄之地，相反，它是无边无际的原野。

孤独这面墙质地坚硬，但越是坚硬，越使人相信穿透这堵墙就是光明。

孤独以一种极简的形式阐述了它的丰富。

9 伤痛

疼过了才叫青春

不痛、不伤、不乱怎叫青春？痛过、伤过、乱过之后，青春大概顶多就剩下尾巴。伤痛，经过反思，会成为人生的养料。在浸润过伤痛的汁液的土地上，生活这棵大树才会枝繁叶茂。大多数名贵树种，在创口处会生出瘤疤，瘤疤越多，陈化越好，越值得收藏。人生大抵也是如此吧！不经岁月的刀斧，就不会变得坚强。在人生的花园中，伤痛越是繁密，花团越是锦簇。

“内归因综合症”

那些习惯将负性事件归因于自己的人能够正视不足，敢于担责值得嘉许。但如果心理承受能力较弱，也容易导致自怨自责、自我贬低等负面情绪反应，危及自信，损害身心健康。

若是一个人习惯内归因，也就是凡事都从自身找原因，甚至甘愿为别人的错误埋单，或觉得代人受过是一种美德，那可能是得了一种 内归因综合症。

或许背黑锅精神可嘉，但将代人受过归于美德或好习惯则殊为不妥。

这些得了内归因综合症的人，有两个特点：第一时间，甚至是迫不及待地承认错误，因为“习惯成自然”；不管是谁的错误，都愿意帮助扛着，即使事后证明是别人的错也不去申辩。

这类人内心里总是在谴责自己，活得苦不堪言。

似此般自作自受，伤痛自是少不了。

总不能“内疚”一辈子

适度的内疚情绪体验，有助于成长。内疚是对违反社会基本道德标准，导致他人痛苦的行为承担责任，是良心上对受害者进行的特殊补偿形式。

“一个人走路撞上了石头，是否要向石头道歉呢?”

我很想无厘头地这么问一句。

显然，若是思及这个问题，那还真是迂腐。

若是都这么敏感，对人恭敬、虔诚到如此地步，似乎就有些“作”了！

惯于内归因的人，自然惯于内疚。

内疚可能出于做错事之后良心的谴责，也可能是毁了同僚的好事引发的自责，或是其他。

由于内疚会产生焦虑、紧张、惶恐、不安等不愉快乃至痛苦的心理体验，有助于在以后谨言慎行。适度的内疚是有益的，过分内疚则有害。

与过去的“歉疚”做个了断

认认真真反思自己的生活，问自己最多的问题可能是为什么总是过得稀里糊涂、浑浑噩噩，为什么有些事别人做了自己却没去做。这样想说明生命在觉醒，只不过是还缺乏自觉的行动。有些事，机缘未到，想做也未见得能做成。

没完没了 悔恨自己的过去，如此则可能耽误自己的未来。

在后悔中沉溺，只会失去更多。

后悔就是拿今天的钱为过去的事买单，这样的单买得多了就没有钱买未来了。

适度的后悔是必要的，然而铺天盖地、永无宁日的后悔，则大可不必。

对于有的人，后悔或许是假象，真实原因是逃避现实，对未来没有信心。

所以，与过去的“歉疚”做个了断吧。

勿使后悔无休无止地滋扰现在，贻害未来。

过于敏感会加重伤害

有的人异常敏感，特别注意自己的言行举止，随时注意觉察别人情绪的变化，担心产生误会或给人留下不愉快的感受。这样的人一天到晚想着别人，在提心吊胆中过日子。可见过于敏感是自找麻烦，真实原因是心理自卑。

真正的伤害也许不是别人造成的，而是我们太过敏感。

因为过于敏感，对外来的伤害作了不恰当的回击，对内生的伤害作了愚蠢的反抗。

我们很容易感到被伤害，这是因为经常会触碰到过于敏感的自尊。

伤痛本身可能没那么多，但是因为自尊对伤害太敏感，痛感就密密麻麻，爬满周身。

这种被夸大、被放大了的伤痛，往往源自深及骨头里的自卑。

纵使有一具坚不可摧的肉体，也不可能免除伤害，若是你有一颗过于敏感的内心。

无妨钝感一些

真诚是玻璃制品，透明却易碎，需要小心轻放。真诚且敏感的人极易受伤，因为别人不都是玻璃心。这也是为什么大大咧咧、没心没肺、毛毛糙糙的人反而活得轻松惬意的原因。

人最理想的状况，是有一具易感的肉体、一颗不易感的心。

别人给予的伤害是有限的，是我们的过敏的这一心理物质使之强化、扩散。

越是反应过敏，就越是感觉痛。

脸皮厚一点，心麻痹一点，就不会觉得那么痛。

心钝感一些，对伤痛才免疫。

那么记挂着别人对你的伤害，反复思考“别人为什么要伤害我”这个问题，伤害之于你就完全是自找的。

伤害清单

生活中最常见的无心之失，最容易对别人造成伤害。这些伤害，正因其没有恶意，听者才认可，并用心收藏，成为生命中挥之不去的慢性痛。所以，安慰一个人最佳的方法，不是告诉别人自己有多幸福，而是告诉别人你的遭遇比别人还要惨。

每个人都曾在不经意中伤害过他人，同时也领受过他人无心的伤害。

生活中，绝大多数是无心的伤害，而且无心伤害你的人对此可能浑然不觉。

将“伤害过你的人”，与“你伤害过的人”各列一个清单吧！

试着对“伤害过你的人”真诚地默念出你的宽宥，对“你伤害过的人”真诚地默念出你的忏悔。

这只是个简单的仪式，希望有助于你与“伤害过你的人”以及“你伤害过的人”，有一个真切的了断。

品味伤痛的滋养

体验过痛苦的人，才会对生活倍加珍惜。《罗兰小语》中说："痛苦虽然可怕，但它是深沉的。它可以从你心的深处激发出一些真的和美的东西来。"经验是付出的代价、痛苦换得的珍宝，可惜未经历伤痛的人既不愿意听，更理解不了。

"画得出花，却难描花的芳香。""说得出痛，却述不尽痛的郁结。"

这样的语言，是不是很禅意？

前一句，是伤痛的况味，某些伤痛的确不乏诗意。伤痛给予人的滋养以一种隐微的方式进行，异常精妙，善品者益处多多。

后一句，表达伤痛的深刻影响，以及伤痛的无奈。生活中大部分的伤痛，还得我们自己默默承受，慢慢消化。

命运烧制生命，发心是做成一件精美的瓷器。上帝连伤痛都拿捏得那么准，在我的承受范围内，以不同的方式，以刚刚好的火候烤炙我，使我如同人们争相抢食的烧饼一般美味可口。

伤痛总是以特别的方式使人清醒，给人教益。伤痛是上帝为每一个生命量身定制的处方，恰恰好的分量。像猫儿躲到一边去舔舐自己受伤的腿，再痛也无需呻吟，静默隐忍，独自承受好了。

在我们受损的精神世界里，所有的修复与痊愈都会悄悄进行。

悟道的蒲团

叔本华说："痛苦的本质是缺乏、穷困，以及对于生命维持的焦虑。"卢梭说："痛苦的成因不在于缺乏什么东西，而在于对那些东西感到需要。"从本质上来看，所谓痛苦，无非是天不从人愿，欲求的东西得不到，也就是欲望受挫。可见，痛苦与欲望一体同源，想减少痛苦，还是应去除欲望的病根。

无论是对于肉体，还是对于内心，最痛的时候，不是被刀子捅进去的时候；最痛的时候，是捅进去的刀子缓缓拔出时，肉体上忍受的那种折磨，或精神上承受的那种屈辱。

每一种痛，都有其渊源与因果。每一次痛，都是提醒与规劝。猝然降临的深伤大痛，或者不期而来的较大规模接踵而至的伤痛，就像是上天对我们的"诫勉谈话"，谆谆教诲，娓娓道来，对于生命有着非同寻常的裨益。

伤痛被认为是灵魂的"营养液"，没有经历过伤痛的人生，如同尚未受过洗礼的生命。这样的生命，只匹配俗世里的"小欢乐"，难以体验到精神上的"大喜悦"。

伤痛实在是生命的馈赠，是悟道的蒲团。

10 苦难

上苍承受着比我们多得多的苦难

小时候，你一定和我一样，因为任性和叛逆而拒绝了大人们给的一些好东西，譬如喝中药，吃龟苓膏。为什么?苦啊！这还用说吗? 然而，总结我尚不算丰富的人生经验，感觉对人有助益的东西，多半是苦的。这世上哪有那么多容易的事！人生是一场逆旅，苦难锻造着我们的材质。苦难的作用，总结起来有三点。一是沉载。人类的历史是苦难史，这就是为什么悲剧别称“正剧”的原因。二是沉积。沉积得最久的，最能负重抗压的，都是好石材。三是沉静。苦难有一种难能可贵的沉静作用，像经过处理的上好的枸杞子，明目却不上火。苦难是伴你走过人生之旅的最清亮的鸽哨，不常有，且听，且行，且珍惜。

灵魂的浸膏

“千淘万漉虽辛苦，吹尽狂沙始到今。”“玉不琢不成器，人不学不知义。”

我们并不孤单，上苍承受着比我们多得多的苦难。

没有人期待苦难，但也没办法躲得过。苦难是生命的一部分，是命运给予的惩罚，抑或是赏赐。

苦难还可以是“赏赐”？

是的。苦难若是无法逃避，正确的认知可以将其转化为赏赐。

在成长过程中，给我们最多的不是幸运，而是苦难。如果说幸福是手臂，苦难就是掌心。如果说幸福是你的右手，苦难就是你的左手。

成功人士不愿再提起创业过程中经受的苦难，使自己再痛一遍。但这些苦难已熔铸成为他们生命的一部分，成为坚韧、最基础的材料。

人在苦难之时若未曾堕落，品德就是高洁的。

苦难像雕塑家的刻刀，会将人生塑造得更加简约。

苦难是生命的纤夫，是灵魂的浸膏，能增长生命的力量。

苦难是灵魂的属性

列夫·托尔斯泰在《苦难的历程》中说："我们要在血水中洗一洗，要在碱水里熬三次。"不过，苦难对懂得精神生活的人才有价值。一个不明白"精神生活"是何物的人，苦难就是苦难，这次哭过下次必再哭，直到泪腺枯竭。

谁都不期望灾难与不幸降临，但倘若天不从人愿，你又能怎么样呢？

生命如舟，孤独地行走于悲伤的河水之上。人能承受住多少苦难，就有多大的成就。

所谓"苦难"，主要是不期而至的灾难和逃脱不掉的痛苦。灾难和痛苦是生命的自然属性，它们能锤炼高尚的品格与顽强的意志。

在有幸能得到的所有教诲之中，痛苦或苦难给人的教诲是最为深刻的也是最为有益的。

我切切实实地感觉到痛苦，真真切切地感受到痛苦的鞭子在身上印下笞痕。

幸福是肉体的属性，苦难是灵魂的属性。没有经历过苦难，就不要说你拥有精神生活。

苦难是人生的必修课。

每个人都要记得感谢一名叫"痛苦"的老师，还有一所叫"苦难"的学校。

不是所有的苦难都需要搭救

《菜根谭》里有这样一句话：“欲做精金美玉的人品，定从烈火中锻来；思立掀天揭地的事功，须向薄冰上履过。”对于那些顽固不化、执迷不悟的人，干脆任由其头撞一回“南墙”，比千百遍的规劝有效。

对于有些人来说，苦难是一种磨损，刮削人的意志。

对于另一些人来说，苦难是一种磨砺，砥砺人的心智。

苦难与挫折更能成全、完善我们。世上没有真正不好的东西，一切都不过是用来考验与磨炼我们的工具。

不是所有的苦难都需要搭救，苦难是帮助人成长的机会。若是我们替他带走了苦难，那么谁将引导他成熟？

肩不起痛苦，也不配拥有欢乐。让该发生的都发生完吧，我愿赐“不幸”以彻底、以尽兴。相信上帝毁灭我，一定是为了锻造一个全新的我。

彻底的毁灭，是重生的契机。

灾难袭来的时候最考验人的意志。对于意志坚强的人，灾难造成的危害程度会相对减轻；对于意志力较差的人，灾难会加重它的影响。

灾难会不会是礼物，挫折会不会是祝福，让我们在时间里找答案。

苦难使人成为最优质的合金

塞涅卡提醒人们必须要锻炼心灵，要意识到并且接受自己的命运。他指出："必须明白，命运是不会在任何东西面前退缩的，人与城都要受它的摆布，王公、帝国都要听它的调遣。"

灾难、苦难、不幸，人们可能避之唯恐不及。但一个人如果缺少这些体验，那他生命的厚度、思想的深度也会受到影响。

丰富的精神生活有助于增加对苦难的承受力。精神生活越广阔，苦难就越渺小。

灾难是生命进化的阶梯，苦难是人品晋级的良机。

苦难将人塑造得更加仁慈和坚韧，使人更懂得珍惜和感恩。

苦难锻造生命的筋骨，还锤炼我们的信念、意志与毅力。

苦难使人成为最优质的合金，使人的精神品质变得柔韧而且坚硬。

如此说来，苦难真是精神沃土啊！我身陷苦难与不幸，仍然能开出烂漫的生命之花。

就像蚌不受伤不会长出珍珠

有些名贵树木，有结的地方材质最密实、坚硬，有瘤疤的材质更是收藏极品。人也如此，有“疤”的地方，因为创伤而增生出更密实、紧致的人生体验，事过境迁，岁月流变，曾经创伤的地方会留下加速成长的印记，以及生命的芳香。

就像蚌不受伤不会长出珍珠，果树不嫁接就结不出好的果实，人过于顺利未见得是好事。

我觉得，如果人一生中事事顺利，他可能会很幸福，也可以说是很幸运，但他生命的体验是有缺失，人生的境界不会太高。

越是巨大的成功，越要克服更多的困难。

越是困难，越能激发斗志。克服困难的过程，会遇到更多意想不到的新的困难。这正是困难正在做垂死挣扎的表现。

困难之所以成其为“困难”，是因为其暂时无解；也不见得是真的“困难”，很可能是你眼下不敢、不愿面对。或者有些人动辄对棘手之事贴上“困难”的标签，将我们唬住了，惊吓使我们放弃了行动。

所以，不要让无谓的忧虑与担心消耗你的能量、磨损你的意志力，增加解决问题的难度。

所谓“幸运”

塞涅卡说：“恐惧会在最宁静的环境里袭击我们，灾难会在没有任何不安定因素的情况下降临在人们最意想不到的地方。”每个人都是命运的玩偶，无论是一个人，还是一座城，都注定没有永恒。幸运的，只是我们还活着。

不幸，是苦难的极端表现形式。

不幸以特别的方式助人成长，使有心人受益良多。

不幸可能使人一蹶不振、万劫不复，但也可能使人绝处逢生、柳暗花明。

遭逢“不幸”也不是全然不好，对于“偏执狂”来说，有时就是转机。

平常十头牛都拉不回的人，现在可能就被“不幸”整得服服帖帖，开始易弦更张、重新做人。

与“不幸”相对的是“幸运”。所谓“幸运”，就是灾难与厄运没有降临到自己头上。

不过别忘了，所有的幸运都有个前缀：迄今为止！

苦难影响思想气质

人的经历会在生命之轮上刻下印记，其中遭受的苦难更是会形成独特的思想气质。不妨将苦难理解为思想者人生体验中的增量，这可能是其所有思想中最超值的那一部分。

一个人所遭受的不幸和苦难，与思想的深刻性有对应关系。

不幸能孵化思想，苦难能提升意志。一个人内在的涵养与精神气质的形成，要靠这些。

对不幸和苦难的理解，及所持的态度，甚至能影响到思想的气质。

优裕与阔绰，对于高贵的思想必不可少。

平和与闲适，对于惬意的思想必不可少。

吊儿郎当与玩世不恭，对于俏皮的思想必不可少。

特立独行与放荡不羁，对于自由的思想必不可少。

我们于是可以这样说：不幸和苦难，对于深刻的思想必不可少。

11 哀伤

请大声喊出你的痛！

◤ 哀伤有一种令人心痛的清晰，与其说它是一种钝痛，不如说它是迷迭的香，缕缕丝丝浸入骨髓，沁人心脾。哀伤，对于浮躁、沉湎、淡漠的人有一种神奇的疗效，能使人沉静下来，褪去人生的赘饰，活出生活的底色。◢

总有些事使你莫名哀伤

生活不会完全赐予你所渴望的东西，往往只给予你极少的一部分，以免你对生活过于失望。

生活中总有些心情使你想与人分享，也总有些心情你想把它私藏。

总有些事情使你欢呼雀跃，也总有些事情使你莫名哀伤。

没有哀伤，精神气质就没有分量。

哀伤是苦药，使浮躁的生命重归沉静。

哀伤像极了 LOMO 风格的照片，过滤掉所有的浮华的光鲜，使极致的痛苦也变得幽远。

哀伤使你与生活和苦难都有距离感，同时也使人更加接近生命的本质、立志与原则，显示出理性的盎然与力量。

哀伤能使你更加低调、镇静、隐忍、坚毅的东西，为生命中那些真正重要的方面加分。

俯下身子亲吻它

每个人都会有孤独无助、沮丧莫名的时候。命运有时也会随机抽中我们，作为悲苦的试餐者，哀莫过如此。

使你哀伤的事很宽泛，大到亲人的逝去，天灾抑或人祸，小到朋友的失信，不小心踩死一只蚂蚁。

犹如寺庙里氤氲的清雾，缭绕的檀香烘托禅意佛境，哀伤以一种特别的方式灌注进生命中，使生命低调地盛放，意趣盎然。

哀伤时，或有恸哭，或有偷泣。眼泪是珍贵的，但那些能滋养心灵的眼泪，值得热洒。无论是潸然泪下，还是黯然神伤，也都是对哀伤的清洗与冲刷。

但是，哀伤很难抹掉，只能被慢慢地吸收，化作生命的营养。企图以不停的忙碌来驱赶哀伤，只能是一种暂时的逃避，过后哀伤还是会卷土重来。

当哀伤像块磁铁黏上我，我背负不动又卸不掉的时候，我就俯下身子亲吻它，并轻声对它示爱。希望我虔诚的爱能感化它，让哀伤早日离开。

让忧郁成诗章

即使悲伤，也让它逆流成河；即使忧郁，也任其忧郁成生命的诗章。来什么就接受什么，见到什么就享受什么，还有什么比这样的情怀更博大精深，更孔武有力呢？

我将眼泪忍回去，不想让人看见我的孤独、失落、无助、哀伤、凄惶。

眼泪与心碎驯服不了谁，只会使自己更加懦弱。

心碎，有时也是生命的灵动。有什么比心碎更能接近人生的底蕴，更能让我们体验出灵魂的震颤呢？

每一次心碎，都是在拷问灵魂，逼它说出人生真相。

不伤悲，是无从伤悲。

与其向别人展示忧郁，不如自个儿品味忧郁。

任何事情，看淡它，不比较，自然云淡风轻。

忧郁同样如此，可以让忧郁成诗章、成偈语。

如果忧郁，就干脆放任忧郁成为一种气质。

当下有害却长久有益

生命体各有能量，各有活力，美好在结它的果子，愁苦也在翻它的叶子。不要因为不能得偿所愿而哭泣，也不要因为无法改变命运而悲伤，要相信一切都是神作，一切都是神助。

设想我们坐在茂林修竹中，对话忧愁。

潮湿的小径，墨绿的竹叶仿佛饱蘸天地神韵。

空气异常清新，脸颊上时而感到一星半点的雨丝。原来，是下雾了。

你看，忧愁若遇从容与敏感，就有一种如花沐微风的感觉，充满诗意。

我们还能找到与忧愁同质的东西，诸如忧郁、愁苦。那么，我们一起捡拾起来，如何？

是不是有采到蘑菇一样的感觉？那就让我们将这些生命中的小蘑菇摆上面前的石桌，说道说道。

多么鲜美的感觉啊！忧愁、忧郁、愁苦，看起来就像是为生命中那些重要的东西保鲜的。或者说，它们本身就是生命中最重要的东西。

凄风苦雨中，乱愁如织。忧愁是修竹，憨直有节。

就像痛苦能使人更清晰地洞见人生，愁苦也能增长人的美德和虔敬之心。

与忧愁、忧郁相比，愁苦是一种更深沉的力量，作用于人的内心。人人都不希望愁苦，但人人都难以回避。对于智者来说，愁苦是当下有害却长久有益。

病痛不是惩罚

上帝对人们无端浪费时间忧心忡忡，又对任性对待自己身体的不良习惯感到愤怒。初期的病痛不是惩罚，上帝只是给些病痛进行提示，但若你对病痛置之不理，任由发展则是你自己的事。

我们来聊聊“病痛”与“心痛”。

这两种痛，生理病与心理痛，大概是人生最绕不过的主题。

心痛之痛，有时比病痛有过之而无不及。

关于病痛，我有这样的思索，认为“每一次病痛都是与神的亲密接触”。

神通过你身心的伤口，抚慰你的灵魂，用哀伤来治愈。

病痛不会给人快乐，但会给人深刻的平和。

经历过病痛折磨的人，更懂得人生需要删繁就简。

病痛不是惩罚，是提醒。但你若是对这提醒置若罔闻，那就是自作孽不可活，上帝也救不了你。

静静地看着伤口，等着愈合

一味任性下去，创伤的撕口会越裂越大。呵护伤口并等待愈合的过程可能很漫长，这是让你读一本长长的人生教科书，想告诉你的是，那次撕裂不是偶然，你其实已经准备了好久。任何不严谨认真的生活都可能出现意外，以后不再那么任性就是！

我们可能都有这样的生活经验：筋疲力尽才会想起睡觉，心疲力竭才会想起朋友。心力交瘁的时候，我们就谁也不愿意想起，已经没有想念的力气了。

岂止是没有想念的力气？连想念的心情都没有了！

心力交瘁，这是多么深的心痛？有时候，心里的伤痛远甚于身体的伤痛，但是心里的伤痛有着强大的复原能力。

开发这种能力，利用好每次心痛的机会帮助自己成长吧！

你懂不懂我泪流满面的刚强，是否还是执意要来安慰我的忧伤？

无论是病痛还是心痛，多数时候还是得自己承受。

刚强的人都是善于从各种痛中吸取经验与教益的人，将痛留给自己吧！

静静地看着自己的伤口，等着它的愈合，等着它还原出生命的活力与色彩，等着感受惊喜。

现在的局面不算太糟

不幸降临只是命运的常规安排，有人将中不幸的签当作是磨难，其实是一种无知。命运是一种劫数，生命的章节已拟好标题，你只不过是来填写内容。接下来的命运仍然无法逃避，也无法确定是否目前的不幸已经见底。

星星彻夜不眠，默默地陪伴着我们，慰藉着每一颗受伤的灵魂。

当痛苦的时候，静看星星默默不语，对心灵来说，就是一种静默的治疗吧！

当肌体或精神遭到重创时，请大声喊出你的痛！呼喊、怒吼乃至咆哮，才能使我们变得强大，而呻吟、叹息与自言自语会使我们变成可怜虫。

过度检讨只会加重内心的痛苦，频繁的自责也无助于问题的解决。

其实，对于过去的事情，哪怕做得再错，铭记在心不再重犯就是了，不必时时拿悔恨来折磨自己。

当你觉得痛苦时，一定要想到现在的局面不算太糟。

12 情绪

任由云卷云舒，相信总有云淡风轻

世界上最好的和最不好的东西，有两个共同特点：一是施主都是同一物，二是不太好控制。情绪来无踪，去无影，出入根本不与你商量，想怎么样就怎么样，从来不打个招呼。对付情绪，无它，就只得坚定做回它的主人！我们得明白一个事理，想要生活得好一点，就既不能养痈为患，也不能助纣为虐。清理情绪，就如同清理下水道一样重要。打理情绪，如同打理后花园一样有意义。

对坏情绪的关注

很多人喜欢“思前想后”，其实这并不是好的习惯。对生活过于敏感，且反思过度的人，任一点负面情绪都会被轮轮放大以致无限。这样的人生过得步步惊心，而实际上都是了了小事，不过尔尔。

好些痛苦是自找的，这不仅仅是说说而已，多数时候确乎如此。

有一些所谓的“痛苦”，可能是被关注出来的，关注使“痛苦”变得易感，而且愈加真切。因为将注意力集中在“痛苦”上面，自然就更容易感受到痛，而且感觉到更痛。

对坏情绪的关注就像吸铁石，将各种痛苦汇聚起来。回忆与想象又像是痛苦的发酵池，衍生出密密麻麻的伤痛。

当你柔弱的时候，也就是心劲儿不足的时候，不良情绪就从恶劣心境中生长出来，并表现出强大的生命力。

对于坏情绪的关注也是这样，聚焦坏情绪，不会使心情变好，而是恰好相反。故此当发觉自己的心情变差的时候，最好是转移注意力，减弱或分散对坏情绪的关注。

坏情绪来自于不正确的认知及相应的感受。与其去寻思坏情绪的根源，不如起身去做一些事情。

思前想后只会使我们的不良感受加重，能使我们摆脱不良情绪的不是抽象的思想，而是具体的行动。要想从不良情绪中挣脱出来，就必须拍案而起，去做该做的事情。

多给点耐心，静候其消散

大自然也熬不过时间。随着岁月流逝，河塘湖堰都会被风干，高山巨石都会被风化。对于坏情绪，当然无需使出这样的蛮荒之力，若能控制住增量，存量自会慢慢减少，只需多点耐心，终拨云见日。

"情绪对人有什么影响呢？情绪会自动消散吗？"经常有人会问我这个问题。

情绪如天上流云，即使阴云密布，也会自动消散。

但情绪对人有什么影响这个问题，我只能说，情绪对人有各种各样的影响。

比如，人在情绪高涨时容易高估自己，情绪低潮时又会觉得自己一无是处。

可见，人情绪上来之后，很难不受干扰。情绪是波浪，风平浪静之后，才是实相的自己。

任何一种情绪，都会有它的缘起。在找到真正的罪魁祸首之前，请不要对情绪施加任何压力，最好是多给点耐心，静候其消散。

终将散去，也会再来

负面情绪来来去去，想将其永远根绝，着实也没那么容易。这种情况之所以反复发生，是因为前次坏情绪来临时，我们并没有认真听取它的诉求，也没有真心关注自己内心的感受，并真诚地采取行动修正人生前进的方向。一个不懂得尊重内心感受的人，坏情绪不找你还能谁呢？

情绪莫名低落的时候，我往往是不做任何挣扎地任其陷落。

不是没有挣扎的力气，而是越挣扎会陷落得越深。

这个世界终究有太多你无法左右的东西，情绪也是如此。

所以情绪恶劣到你无法掌控时，不要怨天尤人，更不必心烦气躁。

你完全可以等待，就像等待四季的更迭与昼夜的交替。

情绪略有起伏，这如同呼吸一样自然。

抵抗情绪波动的最好办法，就是任由情绪云卷云舒，相信总有云淡风轻的时刻。

情绪稳，自辱少

对负面情绪管教不严，察之不细，处理不及时，方法不得当，就会自取其辱。情绪稳定的人，负面情绪生起时就已被摁下或疏散，自然不会因此受辱。

人是情绪的动物，偶尔冲动不可避免。要尽可能抑制低俗的冲动，坚持不懈，使自己慢慢高尚起来。

强者总是在最好的品质上恒久如一，坚如磐石。而弱者总是在激烈的情绪中随风摇摆，反而有“弄潮儿”的感觉。

你看这多么可笑！

情绪不稳定的人会得而后失，情绪稳定的人会失而复得。过于情绪化是懦弱的表现。情绪化是精神自由的阻碍。

成熟的人情绪稳定，不易激惹。对于情绪不稳定的人来说，自我评价永远是个变数。

健康的心理特征是稳定的情绪，而非一直昂扬向上的情绪。

情绪稳定一点，自辱就少一点。

勿使情绪污染人

负面情绪是生命的感受，是心灵的呼喊，自然不能袖手旁观。应尽量让负面情绪在生命体内流动，而不是将其置于心之一隅，任其成淤、成结。

情绪是一个大染缸，很会迎合主人的意图，你想要什么颜料它就给你添加什么颜料。所以，有情绪的时候，尽量不要急于做判断与选择。

每个人都应当将美好的一面奉献给这个世界，每个人都有责任将自己的身心拾掇得干净整洁一些。对待情绪也应该有这样的思想自觉，人有情绪不可避免，但要控制住自己的恶劣情绪，关注自身的心灵环保，勿使其污染人。

情绪容易不经意地溢出，而且溢出量比你所需要的份额多很多。负面情绪易互相感染，致使各种心情一起复杂。

故此将不良情绪找个安全的地儿，以不危害他人的方式释放掉。

越想挣脱越挣不脱

就像爱好收藏的人，常去集市，却仍然会与一些特别好的宝贝错失机缘，我们在日常生活中，也会错失一些挣脱情绪的机会。两件事的共同之点，是我们没有下足等待的功夫，定力不够，耐心不足。

坏脾气、负面想法和不良情绪的不停堆积，会将人逼向抑郁之境。

然而，坏脾气、负面想法和不良情绪并非抑郁的罪魁祸首，真正的元凶是我们想尽快挣脱这些束缚的努力。

正如我们越想摆脱失眠，反而越睡不着所做的努力一样。

每个人自己对自己其实并无多少想法，充斥着每个人的大脑，并且使大脑超负荷运转的，都是我们假想的别人对自己的所谓“看法”。

这些想法很可能子虚乌有，但由于我们特别在意别人对自己的看法，会使我们心智混乱，心绪不宁。

同一件事，对于不同的人，会引起不同的情绪反应。好消息不一定能带来好情绪。可见，情绪与其说是事实引起的，不如说是感知引起的。

不少负面情绪缘人际交往而起，特别是熟悉的人，例如亲朋好友引发负面情绪频率会比较高。

从这个意义上来说，陌生有时反倒比熟悉好。因为陌生有一种宁静的属性，你影响不了我的情绪，我也不会打扰你的心情。

不如将自己置之脑后

将自己当成“针尖”，别人也无法不备“麦芒”。将自己太当回事，这是我们容易受挫、受辱的最主要的原因。以急迫的心情等待人生收获，会激起各种该有和不该有的情绪。潇洒的人生姿态，是只管随风撒下种子，然后忘记收成。

烦躁的情绪可能是懒惰所致。明知有些事情该去做却懒得动，错失良机，或致使问题越来越难解决了，自然导致心情烦躁不安。

拖延也可能造成烦躁与抑郁。而且不难发现，烦躁与抑郁这两种特殊的情绪感受，其实是对自身拖延行为的不满与抗议。不幸的是，这种不满与抗议会使人越发烦躁与抑郁。

厌恶的情绪更要警惕。因为这种情绪会莫名其妙地生起，而且特别容易流露。厌恶的情绪使人感觉不爽，又无能为力。

但大多数厌恶都有厌恶者自身的原因，属于修为与思想境界的问题。想要厌恶一个人，找到厌恶那个人的理由太容易了。

有些人还会厌恶自己，对自己这也不满意那也不满意。如果一个人日日夜夜都将自身作为关注的中心，想自己想得太多，不停地将自己摆出来打量，不停地审判自己，不停地质问自己，如此自寻烦恼，怎么可能对自己满意?

遇到这种情况，还不如将自己置之脑后，将注意力专注于自己感兴趣的事情。有时候，想摆脱一件事，就得专注于另一件事。

可见，专注也是一种疗愈。

发泄需要掌握分寸

负面情绪不完全是咒，很有可能是用于烘托正面情绪的光亮，以警示人们想一直过上好的生活，必须谨守某些助益人生的不移法则。故此我们在享受正面情绪之时，也要学会从负面情绪引起的心灵激荡中得到启示。

不正确的想法累积到一定程度，就会形成负面情绪。

受负面情绪的影响，心情一直低调地落寞，郁郁寡欢，这种感觉真的不爽。

这个时候，我会萌生一种想法：振作起来，欢欣鼓舞地活着，让心境像春天一样萌，每天都要有几株“快乐的禾苗”拱土而出！

情绪也是这样，需要释放。

我对敢于发泄、在发泄情绪时又不会危害别人的人，抱有好感与敬意。

得体、优雅与涵养

爱默生认为，一切美德都包含在自信里，世界属于能看穿它的虚饰的人。他还说过："伟大的不是能改变事态的人，而是能改变我的心态的人。"形之于外的得体、优雅须与内在的涵养呼应，自信与从容永远给生活加分。

情绪的表达，我倾向于直白。直白是最有力的，情绪无论如何表达，都不及一张脸的表情传递出的信息准确无误。

在一切处理情绪的方式之中，我最看好保持稳定、乐观的心态。

乐观是个主观色彩甚浓的词汇，其积极意义在于，以快乐的心情接纳负面的东西，不良情绪随即消散。

比如将灾难看作是千载难逢的神恩，将困厄当作考验意志的炼丹炉，将失败看成是成功之母，这都是乐观的人对世界的看法。

如果对命运预期消极，看法悲观，任由情绪主宰自己的生命，那人生翻船在所难免。

人的得体、优雅与涵养，主要得益于对自身情绪的控制。

13 生命

以最好的姿态盛放

说到生命，脑海里情不自禁地出现这样一幅画面：一只手挎着一个篮子的人，永无休止地行走。人生不易，生命维艰。每个人不都是一手挎一个篮子，时常处于“两难”之境吗？什么都想装，放哪只篮子都舍不得，明明“竹篮打水一场空”的人生恐惧总在脑子里萦回不去。人生竟如此纠结难解，真是要“滴湿沾巾”了！生命天宽地阔，总有比你此时此地痴迷之物更重要的事情值得孜孜以求。若是仅为情所困，那真是枉为此生了！如此，若是我们的生活还远未让生命窘迫或无奈到这个地步，那真得要好好珍惜了！

认可世事无常，才能变从容

爱默生说："如果一个人坚定地扎根于自己的本能，寸步不移，大千世界就会再度向他靠拢。"一个人要彻底丢弃对外在的幻想，才能将关注的重点转向内在，并开始在内心里安营扎寨。认可世事无常，才能变得从容不迫。

生命之旅不是一马平川，暴风骤雨也是自然呈现。

只有学会处变不惊，才会有宁静。只有认可世事无常，才能变从容。

那些只接受幸福却拒绝苦痛，那些只迎接欢乐拒斥忧伤的人，一定时常处于忧虑、恐惧与纠结之中，因为幸福不会长存，欢乐也不会常驻。

接纳生命，就应该完整地接纳生命赐予的一切，包括苦痛与磨难。

磨难是生命的营养，苦痛是生命的痕迹。

若是我们既不愿意经受磨难，又不愿意承受苦痛，而是一厢情愿地排斥、拒绝，那不是等同于舍弃生命么？

生命是成长，是体验，是觉悟，是成长、体验与觉悟的"三位一体"。生命的唯一使命是在确保安全的前提下，将自己尽可能地打开，让身心参与这个世界能量的交换。

生命不应该是蜷缩，不应该是退避，不应该是止步不前，故步自封，而应该有洪流的气魄，一往无前。

生命的最高境界

爱默生说：“伟人的特点与其说在于独创，毋宁说在于广博。”他还说：“思想就是能够接受它的那个人的财产，也是能够适当安置它的那个人的财产。”谁能善用广博，并懂得如何处置前人的知识与经验，谁就能立于生活的高处，达到生命级别最高的境界。

接纳生命，既要尊重生命生老病死的自然规律，又要珍惜生命可以自由支配的天赋权利。珍惜生命，就应付诸实际行动，而最好的行动，莫过于使用好每一个今天。

生命的长度是有限的，然而，生命的内容却可以无限丰富，生命的疆域亦可无限拓展。有些人的一生，可能抵得上别人几生几世的精彩。

有些人活得很久，故事却无多，人生阅历也接近空白。

生命是公平的上帝分给每个人的“自留地”，是否有产出，产量多少，都取决于自己。

生命的最高境界不是享用，而是创造。享用是消费行为，创造是生产行为。

有些人来人世一遭，就好像只是为了展示自己，证明给别人看，活给别人看。

另外一些人，并不在意别人的评价，我的生命我做主，怎么开心怎么活，生命过得很充实。这后一种活法，使生命低调且务实，值得称道。

然而，只是享用会使生命变成消耗品，唯有将生命用于创造，才可以有效延展生命，加增生命的厚度。

生命要放声歌唱

生命如果只是呼吸，那就与草木无异。

生命如果不放声歌唱，那与弃置无用的顽石有何不同呢？

你期望生命激越吗？旌旗猎猎，红旗招展。

你期望生命瑰丽吗？与大人物在一起，有千古留名、万世流芳的发明创造。

抑或你只期望生命平平凡凡，平平稳稳，平平安安？

我觉得，这些都挺好。你喜欢什么样的人生，就怎么样运用自己的生命吧！

只要适合你的，就都是好的。

青少年时期，亦可大胆设计自己的人生，或者根本不用设计。

胡冲乱撞，相信久了也会找到正确的道路。

如果生命是“容错”的，那人生就是“可错”的。

完善生命的路途

最伟大的人是受惠于他人最多的人，但这并不意味着他的思想要被受惠过的人撕成碎片，完善生命的途径是通过他人确认自身的属性，回到原原本本的自己。

如果你要问我崇尚什么样的“生命观”，我要如实告诉你，我崇尚一切能使你带来幸福与快乐的生命观。

不过，我可能更崇尚那些识安危、知进退、惜苦乐的人，进则披上铠甲，退则披上袈裟。我最钦佩这种能临危受命，又能激流知退的人了！

他们的勇猛与自信，使生命变得从容而且崇高，而他们的心情，却总是岿然不动的淡定。

有些人会不解，生活中有那么多的日常。日常生活的琐碎就够烦的了，生命如何能过得精彩呢？

其实，不要喟叹自己被淹没在普罗大众的洪流中，要知道芸芸众生才是生活的熔炉。

满心欢喜地接受生活这座每天沸腾着的熔炉的冶炼，将漫漫人生长旅当作完善生命的路途。

结论癖

一上来就给人下结论，是一种恶俗。然而，一味寻求结论的人，也脱不了庸俗的嫌疑。贸然下结论不明智，贸然提问或质疑也不明智。很多人的人生还没有鸣锣开场，总结人生经验并回答问题为时尚早。

“我就是爱想七想八的，想参透人生又总是参不透，就不知道要怎么样生活?”

一位参加工作不久的小伙子对有些事百思不得其解，求助于我。其实，我又哪里能参透生活呢?

我使我想起从前，从前也是这样，每天夜里上床后，有一段时间总是想七想八，都是关于生命、关于人生的宏大命题，几乎从来就没有什么答案与结论。

多少人也是像这个小伙子，像年轻时的我这样?

我们总是旁观别人的生活，没有结论，尔后内观自己的生活，仍然没有结论。

尽想些没有结论的东西，难道我们有一种通病叫作“结论癖”么?

允许人生有些事情没有结论，保持些微生命的神秘感，不是更能体现我们对生命的尊重与敬意吗?

所谓“生命的意义”

有些人终其一生埋头寻找生命的意义，结果他什么也没找到，抬头一看生命已走到了尽头。其实，生命的意义不在于去寻找答案，哪怕这答案尽善尽美，逻辑严谨，无懈可击。生命的全部意义在于行动，除却行动，别无它物。

“每做一件事，哪怕是很小的事，我都会追问它的意义所在。”有位小伙子惴惴不安地告诉我。

小伙子的体验将我拉回到茫然的青少年时期。我那时也是被这些经常涌出的思绪困扰，读名人名言、格言警句找不到答案，独自冥思苦想，还是没有答案。

或许每个人成长过程中，不管你怎么聪明颖悟，都有懵懂无知、茫然无解的阶段吧！

我们不是在追求，就是在躲避。生命就在追求与躲避的循环中一天天减少。

可是，我们在慌乱的追求中错失了什么？在鸵鸟式的躲避中荒疏了什么？还有，所追求之物是否真的不可或缺，所逃避的人是否全不足惜？

现在，我觉得，或许，生命本身并没有准备什么答案，当然可能本来也没准备什么问题。

14 内在

刻骨铭心又如何，不如忘却

一切皆是心造，每个人都活在他自造的世界之中。“入眼”即“入心”。“入眼”而不“入心”，对人没啥影响，但“入眼”之后又“入心”的，兹体事大。雨果说：“一颗心灵的叹息，能比一城的喧嚷道出更多的东西。”现实生活中，外物很少给我们带来痛苦。每个人都是“心的囚徒”，天不足使我苦，心使我苦。换句话说：所有的苦都是“自苦”。“我”根本无法虐“我心”，天下所有烦心事，盖因“我心”来虐“我”。

别人给的伤害有限

现实生活中的伤害极少，记忆里的伤害却层出不穷。对于生活在法治国家的现代人来说，外在的对身体的伤害几无可能，即使是内在的伤害，别人能给到的也很有限。大部分伤害，是顺着曾经伤害我们的路径，自加其力，自刺其身。

现实生活中，别人冒犯我们，只是提供了受伤害的可能性。只要我们不接招，就不会形成太大的伤害。

对待别人的冒犯，不当一回事，不去记恨人，这不只是对别人，也是对自己的福报。

别人给我们的伤害有限，最严重的伤害反而是自己给予的。

伤害我们的人，只是将炸弹扔进了我们的怀抱，是我们紧紧抱着，迟迟不放下，才最终引爆的。

这便是负面记忆的显而易见的危害。

行动很短暂，记忆却很绵长。对于负面记忆，千万不要去强化。

故此，对于无法挽回的负面事件，不要作过分深长的思考。谨防不堪回首的记忆成为内心的刺痛，而对于那些美好，则要尽可能存储起来温暖自己。

回忆里温馨动人的片段，像一缕缕淡雅的花香，不断随风吹送。点点滴滴的美好，都是幸福的印记。

要感谢那些给了我们幸福的人，一丝，一缕，经编纬织，为我们网住了幸福。

记忆是磨刀石

如果一个人想自虐，只需要将负面的念头切片，放到记忆的磨刀石上去磨。这样磨，刀锋会更锋利，自虐也更精准，使用时间也大幅延长。

的确有很多人和事使我们感到不快，但所有这些不快之中，多数还是我们自己刻意铭记引起的。

或许当初那些人、那些事伤我们还不够深，以至于现在还要用回忆继续刺痛自己。

殊不知，过去的伤痛像把刀子，在记忆这块坚硬的磨刀石上磨砺得更加锋利。

因此，与其记恨，不如忘记。因为记恨未必能为你雪耻，反倒会使你的内心止不住喋血。

不过，有些伤害想要忘记真没那么容易。对某些伤痛的记忆，与想要忘却的努力成反比，越是想要忘却的事情，在心里越是扎得深。

所以，每隔几年就要对自己进行一次“心灵大赦”，宽恕别人，同时饶恕自己业已犯下但不可挽回的罪责，将积存下来的负面记忆一笔勾销。

回忆与铭记带来的伤害

铭记不愉快的记忆，如同预备着重新唤回曾经体验过的伤害，回忆就是伤害的实际执行人。时过境迁，若是负面记忆仍然持续或间断发力，表明你是在拽着那条“记忆狗”来咬你。只要你不设法中断与过去负面能量的联结，记忆的自虐就不会停止。

许多人负面记忆的浊流未经过滤，汇入时光之河，殃及现在。

有些人对于情绪更新吐纳得快，对负面记忆的沉淀、过滤能力强，性格宽容、豁达、乐观，过去的负面记忆能及时被消解。

那些自卑、敏感、固执、悲观的人则没那么幸运。

不能与旧时记忆说再见的人，难以逃脱被过去所虐的命。

有些负面经历在我们的潜意识中一直强迫性复现，甚至在现实生活中也是一直强迫性重复。

负面记忆充盈了我们的大脑，致使我们满心满脑都是酸楚苦涩，丧失了探寻新生事物的愿望、勇气与能力，内心再也腾不出装载美好事物、吸纳正面能量的空间。

他们的所有能力，就好像是被堵住了！他们再也懒得去行动，负面记忆已经捆住了他们的手脚！

负面记忆不只是让我们承受巨大的痛苦，还会被我们豢养成内心的魔兽，源源不断地输送恐惧与不安，日复一日地凌迟我们的自尊。

内在世界的瑰丽

每个人的内在，都是其心灵的密室。每个人的心灵密室，都是其生命的花园。然则，如果你植种了错误的认知，并用痛苦的水来浇灌，就相当于将痛苦注入了生命的根基。只有努力清除痛苦，并重植所有的树，生命的花园才会恢复其瑰丽。

有的人社会关系深厚，那最多只是外在的强大，只能表明他被社会关系绑定得更紧了，如同被织进一张无形的网中。

只有源自灵魂深处，异乎寻常强大的力量，才能帮助我们摆脱这种牢固的依附关系，实现纯全的行动自由。

现实生活中，不少人只会关注眼前的利益，活在物质世界的浮华与肤浅之中。他们外在很富有，内在很贫乏。

内在贫乏的人，其尊严需要借助外在之物的支撑，而内在越丰富的人越不在乎物质层面的东西。

唯有内在的世界，你可以真正作主。当一个人窥见了内在世界的瑰丽，就再也难将他引诱开。

内在的成长有各种路径，但条条大路通罗马，藉由灵性的指引，志同道合者会互联互通。

内心的脏乱

内心的脏乱，会在生活中显现出来。内心的诚实，也会现于他外显的一切。至于其他的东西，你拥有得越多就越容易掩盖内心的本质与渴望，唯有诚实最无欺，使整个生命都透出幸福的光芒！

内在的世界不像所见即所得的房间，堆放的都是物件，搬到哪里，放在何处可以轻松办妥。内在的世界既不可见，更不可得，满是纷繁芜杂的思绪、汗牛充栋的记忆，无形无序，捆扎不住，绑缚不了，甚是不好打理。

然而，世界的清晰取决于内在的清晰，世界的纯净取决于内在的纯净。如若我们的内心浑浊、污秽不堪，展现在我们眼前的，怎可能是清晰、纯净的世界？

外在的秩序取决于内在的秩序，社会的失范折射出人性的失范。

内在的纷争，是最影响我们的心情与生活质量的。我甚至感觉到，人生是一场内战，内在的混乱、纠结与厮杀在所难免。

一个人内心的脏乱，会显现在他生活的细节中。没有内在的秩序，就没有生活的秩序。

要点耐心，要点安缓

你不妨坐下来，问问自己：你是谁？认识自己吗？是你自己吗？爱自己吗？“你”固然是你，但一个人到达“认识自己”、“是自己”、“爱自己”，还有漫长的路要走。要点耐心，要点情怀，才能走出生命的丰盛，走出生活的清宁，走出人生的从容。

人们过于在乎外在环境的整洁，却忽视了内心生活的规整。

怎么样才能将内在理出个头绪呢？我想，这基本上是不可能的，除非进行修炼。

但这并不是说我们对内心的芜杂手足无措。我觉得打理好内心的生活空间，还是可以而且必须要有所作为的。

首要的是需要安缓。

没有耐心面对内心的杂乱无章，所以就将生活过得奔忙无序。

其次是需要有情怀。

内心的牵绊与疼痛，多是未处理完的故事与创伤所致，这都需要时间来沉淀，需要能量来修复。

真正迷人的气质

只要你真心实意与自己和谐相处，世界最扣人心弦的部分也将与你丝丝相扣。人真正迷人的气质，不是来自姣好的容颜，不是来自温婉的言辞，不是来自名贵的香水，而是来自内在的和谐、安宁、祥和与喜悦。

一滴露珠，掉在叶子上，能引起叶子的震颤。

为什么震颤？想必是被晨露的晶莹剔透，清亮纯净打动吧？

一位少女，听到有人有意无意地对她提起某位男生的名字，脸颊就绯红起来，或是酒窝里绽放出笑靥。

这些日常生活中出现的一些轻巧的细节，经常能打动我，使我心房震颤，或者心花烂漫。

我从中也悟出了一点：凡美好，多是以低调、静默的方式进行的。

不是吗？低调而不喧哗，静默而不张扬，是因为“有”，真拥有、真具足。

人真正迷人的气质正是内在的盛放，安静、含蓄、平和。

这种令人神往的状态，都得拜低调、静默的精神气质之所赐。

低调、静默的人内心随时准备着迎接惊喜，而无须敲锣打鼓、张灯结彩，无须弹冠相庆、奔走相告。甚至无须鲜花盛开，而只“一滴露珠掉在叶子上”，就能引起他们心房的震颤与欣悦。

回到“在滋养”、“在生长”的状态

生命所有的美好，莫过于体验到“在滋养”、“在生长”的状态。心灵的滋养与生长，不需要财富来灌溉，不需要权力来施肥，最好的助长剂是沉静。

建造精神生活的“乌托邦”，需要降低心房的噪声，静养灵魂。

不管发生什么，都要争取心境迅速复原，尽快恢复平静与愉快，回到“在滋养”和“在生长”的状态。

人们能够忍受疾病，却无耐心忍受情绪低潮。为了逃避情绪低潮，人们拼命往人多的地方、热闹的地方钻。

甜品、辣椒、火锅、酒精、香烟、劲舞、做爱，甚至淫乱与毒品，只要是能刺激身心的，都成了逃避情绪低潮的救助物。

这样做，内心世界并没有安静下来，反而被各种热闹搅扰得不得安宁。

心绪不宁的时候，即使不说话，世界也满是噪声。

然而，内心里还是自己制造的噪声最多、最嘈杂。

扰乱心绪的，多数是来自“我”的声音。

“我”是每个人心中念叨最多的词，只有不再强调，放下“我”执，内心世界才能真正安静下来。

荒了自家的田

人生最可怕的事，不是被冲决了良田万顷，而是失了寸心。守护“寸心”是每个人的本分，保护其不被污染，不被戕害是每个人的神圣职责。但若将人生的主要精力投入别人的田野，“寸心”将很快荒芜，并归于湮灭。

明知内心的宫殿里藏着更珍贵的珠宝，身外之物未必需要占为己有，即使占有也未必适合自己。

可总还是有那么些人，耕了别人的地，却荒了自家的田，整天为外在之物东奔西走。

在我看来，向内寻找才能找到自己，一切形式的外寻都是迷失。

一味向外探寻，潜意识里是对内在探索的回避与惧怕。你不敢面对自己，然后就只能混迹于外在的世界中，徘徊在“我”的外围。

心灵总在默默地等着主人的眷顾与垂青，可大多数人对自己的心灵视而不见。

凡俗的眼睛只知道盯着外面的世界，妨碍了内心的觉醒。

事实上，外在的世界只是我们寄居的壳而已，内心才是真正需要关爱的“小宇宙”。

不再仰仗于外在的喂养

向外在的权势讨生活，如同将生命交给别人替你活，你因此可能活得滋润、活得光鲜、活得陶醉、活得麻痹，但更可能活得悲哀、活得可怜、活得低俗、活得卑微，活得没有自己。

忽视内在的探索，将主要精力用于外在的探寻，无异于舍本逐末。

不面对自己的内在，不着手解决心灵方面的问题，这些问题也还是会渗漏进外在的世界中，使你在日常生活中有各种不顺、不畅。

我们改造不了外部“大环境”，但能营造自己的内在“小环境”至少能选择应对环境压力的策略，或者改变对环境压力的心态。

有时候，我们对外在世界确实是无能为力的，但挖掘我们内在的潜力，以提高适应或改造外部世界的能力，我们大有可为。

当一个人发觉不再仰仗于外在的喂养、靠内在的东西也可以活得很滋润时，他精神生活的高度就开始确立了。

无忧是清福

若要找出一种最为完美的生活状态，首推无忧。遗憾的是，走过稚嫩童年，走过青葱少年，无忧无虑的生活状态世之少有，大部分时间里，我们都有不绝如缕，或大或小的焦虑。

不给自己心灵增添负担的办法，就是不给自己找事。大概不少人对此有同感吧?

简言之，不多事！嘴不多言，计不多端，身不多行。

遗憾的是，不停地给自己找事做，甚至无事生非的人大有人在。

人们最擅长给自己的内心增添负担。这真是人之为人的“宿债”和“业障”。

我们少有让心灵安静下来，总是让心像车轮一样不停地旋转。

不是用心去想，就是用心去恨，不停地指使心灵做这做那。

实际上，平静是生活的法则，平和是身体的法则，平安是生命的法则，而清静、无忧则是内心的法则。

安身即是立命，无忧就是清福。

内心最怕有事，心里有事便是各种烦。

情感上的微暴力

在文明社会里，真正的拳打脚踢、大打出手极其罕见，大量的是情感上的“打”，也就是使用冷暴力或微暴力。情感上的冷暴力、微暴力虽兵不血刃，却血流成河。

每个人都有义务做一个不影响别人心情的人，至少不要太影响别人的心情。

就是说，要自觉维护别人不受打扰的权利。尽管有人希望被打扰，但那必定只针对他们所喜爱、所欢迎的人。

你或许也是个为人所喜爱、所欢迎的人，因而别人希望你能够打扰他们。但是，你自己就真的心甘情愿自己时常被打扰吗？

在“是不是打扰”、“要不要打扰”、“偶尔打扰还是频繁打扰”等问题上，我们与被打扰方时空上、意愿上的想法是经常不一致的。

你比较有闲的时候我没时间，你有时间的时候我没心情。

所以，根本就不能要求别人与你的想法一致。

希望别人的想法与自己一致，是情感上的微暴力。

没有人推我们下地狱

生活其实并不真的那样苦，大多数情况下，是我们被一种自怨自艾的负面情绪包围着，将自己想象得多么苦。没有人推我们下地狱，是自己请自己下地狱。

从心底流出的朴素的想法或意愿，往往是内心真正的需要。

同理，受意愿或心情驱使的行动，往往也是人们心之所向。

重视自己原初的想法，捍卫自己真正的意愿，非常重要。这样的想法与意愿，因为是初衷，往往有着天然的优势，能生长、开花、结果。

但人的时间与精力实在有限，为此，我们必须拒绝一些别人强加的想法与意愿。

有些人对自己的想法与意愿不会很好地坚持，借口是：别人，或者别人交办的事，挤占了本该属于他自己的时间。

借口终归是借口。其实只要你执意不肯，除了老板，没人能强加给你你不喜欢的东西。

我常说的一句话：人是自己的“包袱”，也是自己的“牢狱”。前者是说太将自己当回事了，事事处处要求以自己为中心，反而是个“包袱”。后者是说太不将自己当个人了，除了奉献就是牺牲，生活就好像是在“牢狱”中。

从根本上来说，没有人推我们下地狱，是自作孽，不可活。

喜欢逃避现实的人

谁不喜欢逃避现实呢？问题是逃过了初一，逃不逃得过十五。现实的避难所也实在是太易寻了，例如你既可以逃回到记忆里去，也可以奔向幻想中的未来。只要你喜欢逃避现实，就有无数个洞等着你，不过这些洞更可能是陷阱。

有些人不愿意遵从“从心底流出的朴素的想法或意愿”，不敢面对“内心真正的需要”，不敢坚持“原初的生活主张”，其实质只不过是喜欢逃避现实罢了！

喜欢逃避现实的人，会找各种借口。譬如，明明是自己懒惰，却将责任推给别人。譬如，明明是自己没有勇气突破，却推说外在环境太坚硬，无法施展。

喜欢逃避现实的人，往往喜欢与不相干的人交往。因为喜欢逃避现实的人隐含着不自信，他们从骨子里害怕亲友或熟人的垂询与关注。

对于这样的人，或许漠不关心或干脆远离他们更显仁慈。

当然，喜欢逃离现实，不愿意面对自己，还有一种可能，就是因为他们还没有掌握与自己的相处之道。

遇到困难时人们常常逃离自己，将自己从过程中抽离出去，仿佛手头上的事情立马变得与他无关了。

但逃离自己只会使事情变得更加复杂。逃得越远，逃得越久，本可以轻易解决的问题会变得异常艰难。

15 幸福

远在天边，近在眼前

“人生最大的幸福是什么?”对我来说，就是让时光倒流，谒见旧时光。《你好，旧时光》的作者刘婉荟说过这么一句话：“一生努力，一生被爱，想要的都拥有，得不到的都释怀。”我想，这句话若是作为“幸福”的注解，没有人能比她说得更到位了。正常情况下，繁花似锦也有个季节的轮回。幸福过于密集有损身心健康，搭配点儿悲苦酸辛更有助于营养平衡。盐分不够，菜肴的味道“逼”不出来，生活中你总不能将糖当饭吃。幸福是心理欲望得到满足时的状态。所以，纯粹的幸福有时与物质财富没有关系。

幸福是安逸，不是追逐

一个人不是总能够找到幸福，但衣食无忧之后，他一定能做到保持安宁。罗素说："幸福的生活在很大程度上是指恬静的生活而言的，因为只有在恬静的气氛里才有真正的幸福可言。"

我们将时间填满，将精力耗尽，冠冕堂皇的理由是为了生活更幸福美好。殊不知，时间和精力透支、抽空、耗竭了我们的生命。

其实，幸福是安逸，而不是追逐。

看一下你的生活节奏，它是比一般快，还是比一般慢？影响生活节奏的，都是些什么事情呢？你的生活节奏是否校准到你的生理规律？你是否为时间不够而焦虑？是否为浪费时间感到愧疚？

我们生活在一个转得非常快的社会环境里，所有事情都在加快节奏。我们几乎就被这种快节奏席卷而去，变得很紧张，总是感到被催促。

总而言之，我们不是自己的舞者，而是一种被催促、被推搡、被飞旋的感觉，非常不好。

"我们每天都在忙碌，由于生活的节奏太快，忽略了生活的质地、深度、颜色和丰富性的许多细节。"朋友这句话，使我惊呆了。

我们把好好欣赏一下周围、好好陪伴一下家人的想法一次又一次推迟，珍重了时间，却愧对了生活，愧对了亲人。

我们很久没有注意路边花草的变化，甚至四季的荣枯了，这样急匆匆的生活，哪里还谈得上什么"质地、深度、颜色和丰富"？

过于在意时间的恶果

过于在意时间，就容易被时间所伤。而当你忘记了时间，一切都豁然开朗了，身心才会得到滋养。将每天的日程排得满满的并不能给你幸福，从某种意义上说，虚度光阴才会幸福。

我们总是感慨：现代生活节奏着实太快了，灵魂跟不上自己的脚步。殊不知，是我们匆忙、凌乱的脚步踩碎了时间，时间锐利的玻璃渣刺伤了生活的完整性，使我们体验到时间观念太强给予的疼痛。

经常听到有人对年轻人这么励志：人生没有“暂停键”，不能“倒带”，不能“重放”，对待美好未来要“快马加鞭”！

听见没有？有没有感觉到，“时间”就是这样一把鞭子？

有人说岁月是把杀猪刀，我觉得这句话还说得不够全面。时间不仅是把“杀猪刀”，更是一架“绞肉机”！你时时刻刻为时间焦虑，那种感觉不就是“心如刀绞”么？

谁过于在意时间，谁的时间意识特别强烈，谁就老得特别快。

那么会利用时间，那么害怕浪费时间，我们幸福了么？

从现在起，让我们从心理上突破人生短促的假设，戳穿时间紧迫的谎言吧！

让生活变得悠闲而又从容，让生命变得充实而又丰饶，让时间的脚步放缓，就像时光是不肯老去。

时间的魔咒

时间是对惜时者的祝福么？不是！对于总是没有时间的人，时间反倒是一种诅咒。你都下不了决心去陪时间，时间如何陪你幸福？

“现在正是奋斗的年纪，没有时间出去玩，等差不多了我再去寻找幸福。”

“等有时间了，我就陪爸妈满世界去转。”

“现在工作忙，脱不开身，反正也不急。”

“等差不多了”，“等有时间了”，“反正也不急”，诸如此类的话，我们耳熟能详吧？

有一首歌叫做《摇篮里的猫》，它讲了一个小故事：

一位老人非常想和他的成年的儿子度过一些时间，结果发现“这孩子就像我在他这年龄段时一模一样”——工作太忙了，要做的事情没完没了，父亲的请求完全没法被满足。

这真是一个悲伤的故事吧。

有一句广告语：“不要等到父母不在了你才有时间！”请问，你什么时候不忙？什么时候脱得开身？

如果我们想做某件事，感觉从来都“没有时间”，那想必是已经中了时间的咒了。

淘世界不如淘身边

也许幸福不是出发，而是归巢。也许幸福不是远走高飞，而是慵懒地蜷缩在家。歌德提醒人们："你老是想到远方的行旅？你瞧，至善就在近旁。你要学习掌握住幸福，因为幸福常在你身边。"

我一直觉得，淘世界不如淘身边。

在日常生活中，在附近，太多的珍宝。不要一直瞩目"远方"，幸福可能就在你身旁，你放眼就能看见，你弯腰就能拾取。

不信，牵着父母的手，就去附近走走看！

"等有时间了，我就陪爸妈满世界去转。"

很多人说过这句话吧？

可是，你要带父母去哪里寻找幸福呢？

周边的地方你都不能带他去看看，还要说什么"满世界"？

我们误以为幸福"藏"在远方，有待我们找寻。其实，幸福就"潜"在眸子里，在微笑里，在对视里，在牵手里。

不要指望在遥远的地方收获幸福，幸福就在你触手可及的地方。

幸福就在你眼前，你为何要到天边寻它？

心眼大了，幸福就少了

人们到处寻找幸福，不惜背井离乡，却舍不得深耕脚下的土地。波普尔说：“真正的幸福绝不定居于一处，它探寻无着，而又无处不在；金钱买不到，却又唾手可得。”

牙痛的人觉得牙不痛的人幸福，而牙不痛的人并不觉得这叫什么幸福。

牙不疼，这算哪门子幸福?

大多数时候，我们对身体本原的幸运缺乏感知，或者觉得这都是理所应当的，不应该算作是“幸福”。

一个人“健全”，或者“正常”，这不仅是幸福的基础，更是幸运本身。遗憾的是，日常生活中有很多“幸福”、“幸运”就这样被我们生生忽略。

简言之：心眼大了，幸福就少了。

在熟悉中寻找幸福

幸福不会离家太远，它会一直隐藏在你的厅堂院落里，一直闪现在你的杯盘碗碟中。哪里有生活，哪里就有幸福。

要学会在熟悉的事物当中寻找幸福。

不要因为追求一些想当然的幸福，而疏漏了日常生活中的幸福。

当你可以有空闲、有心情翻翻书，思考幸福，不用肩挑背驮为生计发愁时，难道还感觉不到已足够幸福吗？

睁开眼能看世界，张开口还可以说话，很多人并不觉得这有什么。

可是，对比起那些不幸的人们，这是多么巨大的幸福。

身心健康，相信是世界上绝大多数人正在拥有的。父母给了你一个健康的身体、健全的人格，比起那些先天性身残、智障者，何其幸运。

活着本身，难道不是一种幸福吗？

有多少人能感觉到清早起床还能睁开眼睛的喜悦？

带着感恩的心情活着，你的每一天都会是一个盛大的节日。

幸福主张

幸福最忌讳自视过高，庸人自扰，没事找事。罗曼·罗兰说："所谓幸福，是在于认清一个人的限度而安于这个限度。"幸福并不完全来自于欢乐，有些则来自于摆脱痛苦和烦心事儿之后的安宁，以及无人相扰时的清静。

每个人都有自己的生活意见，每个人都有自己的幸福主张。

不管什么样的意见和主张，只要这里面有生活、有幸福，那就是极好了。

幸福是什么？有人想知道我的幸福生活主张吗？

幸福是你觉着幸福。

增加对幸福的感受性，能有效增加人生幸福的总量。

发现适合自己的趣味与风格，将其发展到极致，并肆无忌惮地欣赏自己，也是接近幸福的捷径。

幸福是什么？幸福是只管栽种，不问收成。

幸福是只是路过，却寸草不取。

幸福是将此生走过，看着踩下的脚印被时光一一抚平，不带走这个世界的吉光片羽。

幸福的“慢性”

幸福如同新买的音箱，不能将音量一下子开到最大，而要耐得住性子，细调慢煲，才会收到最好的效果。

生活经历不同，所处位置不一样，人们对幸福的理解可能大异其趣，甚至截然相反。

有人宁愿做“痛苦的苏格拉底”也不做“快乐的猪”。有人喜欢平淡如水的日子，有人憧憬激情浪漫的时光。有人喜欢无所事事，也有人喜欢劳碌奔忙。

幸福有很多特质，但最稳定、最重要、最可贵的特质，是幸福的“慢性”。静静、缓缓、暖暖地生活，这样的感觉会使我沉醉得不想睁开眼睛。

幸福，是一点一滴渗透到生活中去的，自然需要充裕的时间。

幸福生活需要多得好像挥霍不完的时间，所以有时需要忘记时间。不忘记时间，哪里舍得时间？

若有足够多的时间可以自主支配，或者能够做到根本不拿时间当回事，那就是幸福的。

幸福没有完型

叔本华说："自己是唯一纯正和持久幸福的源泉。"梭罗说："人是自己幸福的工匠。"幸福没有完型，追求幸福也没有捷径，需要我们用自己的双手，实践工匠精神，细雕慢刻，坚持恒久。

幸福是非常零碎的东西，不成体系。我们大可以歌赞幸福，但着实很难将幸福做成鸿篇巨制。

幸福给人的感觉，有点像我们站在流沙之上，砂子慢慢在脚下滑走，或迅速垮塌。非常真切的感受，我们得不停移动位置，找到新的立足之地，才有可能保有幸福。

世界上根本就没有一成不变的幸福和一劳永逸的生活。

幸福没有完型，它只是世间一切美好的聚集。

生活中的“小确幸”

霍桑说：“幸福来临时，人们往往不去注意。一旦我们有意去追求，幸福就会像高飞的大雁，永远追不到。”幸福无需去追，只须用心发现。

钱财不可少，但也只是通往幸福的道路之一，可惜很多人却将财富当成通往幸福“唯一的”通衢大道。

我不愿意占有更多，只愿意享用更多。因为你对占有的东西要负责任，最起码要尽保管之责，这与我的自由观相抵牾。

所以若要幸福，就不要占有，占有只会将快乐的翅膀束缚，使之负重沉坠。

自由是快乐的属性，快乐会本能地逃脱任何束缚。有自由，更幸福。

别人的幸福是居庙堂之高，我的幸福起于青萍之末。

为什么这么说呢？

因为我的确没有能力，也不想为了积聚更多的物质财富殚精竭虑。

在追求幸福方面，无妨多一点倚重自己的主观感觉，多一点依赖生活中的“小确幸”。

幸福亦有花期

康德说："越是处心积虑地想得到生活上的舒适和幸福，那么这个人就越是得不到真正的满足。"幸福的人是懂得享受自然恩惠的人，他从不刻意而为，而是尊年守季，顺其自然。

幸福是等待，是邂逅，还是追寻呢?

当你追寻的时候，幸福似乎永远在前。当你准备邂逅，幸福偏偏选择逃避。

还是静静地等待吧！幸福在你静心随息的时候，可能就会悄然而至。甚至无需等待。幸福附着在每一个人、每一个物件上，只等与细心的你相遇。

在我看来，这个世界上的"幸福源"真是太多了。几乎每一样东西都是显而易见，或有待挖掘的"幸福源"。

只可惜，人生苦短，草木有荣枯，人只活一世。

幸福亦有花期，享受宜趁当季。

幸福不是拼好的魔方

幸福只降临到真诚地期望它，并愿意为之付出代价的人身上。幸福也不是拼好的魔方，它存在于获得幸福之前的艰辛努力中。

幸福的果子之所以是甜的，是因为滋养果子的汁液包含着辛勤的汗水。

不同的生活是同样的幸福体验，同样的幸福背后却藏着不同的辛苦。

要想获得幸福，除了勤勉，信念与行动极为重要。

只要有“心念”、“心牵”，真的就能将“幸福念”牵过来，真可谓“愿力无边”！

幸福并非远在天涯，只要开始行动，敢于跨越，可能就近在对岸。

幸福不是拼好的魔方，而是有待你描摹的画板。要怎么画，画些什么，是素描还是重彩，完全由你决定。

要相信，幸福不会辜负对它孜孜以求的人，它一定会如期而至。

幸福是秘而不宣的花园

卢梭在《忏悔录》里写道："真正的幸福是不能描写的，它只能体会，体会得越深就越难以描写，因为真正的幸福不是一些事实的汇集，而是一种状态的持续。"幸福是一种禅语，妙在难言，妙在不言。

幸福总体上来说是一种主观感受，关键在于"自认为"。

认为自己是幸福的人就总是幸福的，而认为自己不幸的人永难得到幸福。

幸福感可以密藏，当然也可以宣示出去。

但是，我觉得幸福是秘而不宣的花园，不是对外展示的橱窗。

既然是主观的幸福感，放在心里玩味，比拿到别人那里去被挑剔、评说，可能更好！

幸福的逻辑

契诃夫说："人是自己幸福的创造者，如果你要幸福，你就会幸福。"幸福从某种程度上取决于自己的意愿，强烈的意愿会启动意志这台发动机为谋求幸福而工作。

哪一种生活方式更值得寻求？

答案是显而易见的，能带来更多幸福感的生活方式最值得寻求。因为，人活着是为了追求幸福。

可能有人要抬杠了，人不是为了追求真理而活么？

的确需要一部分人为了追求真理而活，但并不需要所有人如此。

如果"一毛钱"能治愈一个人的病，而真理却不能，那真理于这个人而言就没有"一毛钱"的价值。

一些人探索真理，另一些人则只需要追寻幸福。

人的价值观不同，寻找幸福的道路也不相同，而且也确实没必要都一致。

不管做什么，幸福了就好。

这就是幸福的逻辑。

幸福感需要被尊重

拉罗什富柯说：“我们的幸福在于我们拥有自己的所爱，而不在于我们拥有其他人觉得可爱的东西。”幸福，从本质上来讲是个体的幸福，必须建立在个人身体健康和精神安宁的基础之上。

你有你坚持真理的自由，我有我追求幸福的权利。

幸福生活的智慧，对于平凡的大多数，或许比所谓真理或正义更重要，更值得追求。

真理、正义这些宏大的价值观，牵涉人类的共同利益与福祉，毫无疑义值得追求。

但是，这些离个体幸福感略微远了一点。

如何在公共空间尊重好、维护好个体的利益，使我们有更大的空间寻求或创造个体幸福感，与坚持真理一样值得坚持。

感知能力强的人

人体犹如一个移动的吸盘，能全方位感知丰富多彩的物质世界，即使背后亲人的目送也能被动情地感知。丰富的感知提高了人们对物质世界的利用效率。一个用心感知世界的人，也会被世界温柔相待，大自然的菁华提取出来，敬献给他。

有时候，我们明明生活在幸福中，却为什么感受不出幸福的质地、色彩?

这是由于我们将幸福当作“毕生追求的重大人生目标”，没有将幸福当成相濡以沫、携手并进的朋友。

之所以“感受不出幸福的质地、色彩”，还有一个很重要的原因，是我们缺乏对幸福的感知。

我们活得太粗心了，以致遗忘了路边的小花。

生活幸福与否，有多幸福，与人的感知、感触、感觉、感悟密切相关。感知能力强的人，能捕捉日常幸福的微末与轻扬，也更能体会到幸福的多级、多维。

幸福的层次

幸福不是平面的，光看表面只能享用至浅层的幸福。欣赏幸福同样是个由表及里、由浅入深的过程，有时犹如剥洋葱需层层掀开，有时如同捣蒜需细心研磨。

人对大自然和外物的感知是分层次的，感知的深度与幸福感关系异常密切。

就拿“吐纳空气”作为例子吧！

有些人将空气吸进“口里”，有些人能将它吸进“肺里”，有些人能将它吸进“心里”。

吐纳之间，更有人能够明晰地分辨出空气之清洌、轻寒、薄凉，以及带给肌肤、骨骼、心灵的不同感受。

这样，对空气的“利用”、“享受”程度不大一样，所带来的幸福总量更是大不相同。

有幸与你相遇的一切，似乎都因为你敏锐的触知而大幅增值。感知分层，幸福感相应分层。

感官是快乐的吸盘

西汉时期的刘向说："祸生于欲得，福生于自禁。"东汉时期的王充说："美味腐腹，好色惑心。"感官生活应该遵从自然规律及道德规范的指引，谨严有度。没有绝对游离于肉体之外、完全不受管教的生活，因为一切尽在欲中。

该不该取悦、该如何取悦和多大程度上取悦感官，取决于每个人的人生哲学。

如果不想做一个苦行僧，希望幸福满屋盈仓，就可以在无损于身心健康的前提下，最大程度地取悦自己。

生理上的欲望若适度，就是身心的滋养，若过度则会危害身体。

纵情声色可能会有快乐，但最终可能败坏幸福的品质。

肉体生活与物质生活，均要系上"节制"这一安全带，而精神的愉悦则可以恣意享受。

总的来说，感官上的快乐是短暂、激情的，易使人上瘾。心理上的幸福感，则比较稳定、持久，悠远绵长。

感官只是快乐的吸盘，心灵才是幸福的容器。

什么是“幸福生活”

有人认为“幸福生活”是抽离了痛苦的生活，这是天大的误解。幸福与痛苦是手之掌背、物之阴阳，一体两面的东西，怎能截然分开呢？人生截去了痛苦这支腿，过的就只能是跛脚的生活。

看看这一组词汇：爱、美德、理性、智慧。

爱一旦枯竭，剩下的就只有苦涩，幸福自然被完完全全从生活中抽离了出去。

财富的积累与享用过程，更像是对美德与爱的损害。所以，我觉得人不仅要诗意地生活，更应善意地生活。否则，良心有愧疚的生活难有幸福可言。善意的生活，当然离不开美德的指引。

再来省察一下理性之于幸福生活的重要性。在我个人的幸福体验中，感性成分更多一点。在我看来，未经改造的人性给不了我们幸福，提升了的智力也给不了我们幸福，而唯有理性关怀下的感性才能供给我们幸福。理性是管总的东西，因为天性之冲动性容易坏事，不理性的生活是经常会颠沛流离，经常会撞得头破血流。

算计会聪明反被聪明误，计较得来的幸福已经大打折扣。精于算计不是智慧，而是缺少智慧。

什么是幸福生活？我们可以给出答案了：幸福生活是爱结出的果子，美德酿出的醇酒，理性奉出的佳肴，智慧编织的花篮。

“知足常乐”的“无量慧”

印度《摩罗法典》的铭文中有这样一句话：“如追求幸福，为人要完全知足，节制欲望，因为知足为幸福之源，反之则为不幸之源。”幸福可能遭遇的最大阻碍，就是人心不足，期待过多。

幸福不是得到“世界上全部的东西”，而是得到“你需要的那一部分东西”。

幸福不是得到“你需要的那一部分东西”，而是得到“你想都不敢想的东西”。

幸福不是得到“你想都不敢想的东西”，而是得到“你想都没想到”的东西。

幸福的禀性极其朴素，只是被我们的欲望娇宠得有些得寸进尺。

我们可从中悟出：要想得到更多幸福，请更多削减所求。削减所求，爱上简单，是获得幸福感的捷径。

如果还能悟到了“知足常乐”的“无量慧”，那可真是“大幸运”了，即使将来不会比现在更幸福，我们也很知足。

当然，知足仍是不够的，还必须在精神上具足。具足意味着改用智慧对抗欲望，不再以拥有财富的多寡论短长，不再以一时一事的成败论得失。

具足是比知足更高的境界。知足说明你还想要，并未斩断“欲根”。具足说明你可以不需要了，“慧根”生处，无欲则刚。

享受平淡

幸福就是没有痛苦的时刻，少欲寡求的日子平淡而又幸福。如果这样来理解幸福，并自觉过上一种有节制的生活，就永远惊醒不了痛苦。

有的人希望每时每刻都沉浸在快乐中，有的人则能数年如一日地享受平淡。

毫无疑问，能够享受平淡的人，幸福生活一定会长久。

同时，他们的语调往往柔和，处事往往谦和，为人往往温和。

当然，他们的日常生活也可能比较节俭。

尽管如此，他们的心情是舒畅的，而不像那些“守财奴”，生活的全部目的就是节衣缩食，以克扣自己来积攒财富。

在能够享受平淡生活的人那里，幸福给人缓缓、松松、柔柔、绵绵的感觉，像新鲜烘焙的面包，像刚刚鲜榨的果汁。

能够享受平淡的人，他们不去追求不切实际的幸福，不去徒劳无功、得不偿失地满足自己的虚荣心，他们只是做好自己，得自己应得该得配得上的那份幸福。

没有期待，遇见就是惊喜

预知、预告、预警，都会破坏人完整的生命体验。日子是“过”出来的，不由期待，也不由预判得来。不期待的生活才是每天的谜面，猜谜的日子乐趣无穷。生活本不单调，是我们自己将昨天复制到了今天，又准备将今天复制到明天。

知足是对幸福大厦的加固，而贪婪则是一种瓦解。

人的一生中有许多美好的记忆，或者伤痛的经历，但均不宜过于迷恋。迷恋里诞生不了有益的思想，沉醉某种意义上只是一种沉睡。

无论迷恋还是沉醉，都是一种不清晰的专注，反而可能消耗更多的气力。迷恋或沉醉只会带来内在的混乱，而不是我们想要的精神世界的秩序，无助于我们的身心成长。

与此同理，一个人只是迷恋、沉醉于幸福生活中，相当于从此将幸福的大门关上了，幸福再无来处，粮草消耗尽了就没办法补给。

幸福一般都是姗姗来迟，匆匆早走。幸福会过期，所以要抓紧幸福。

幸福的到来或幸福的离去，不会预告亦不可被预知。对幸福，遇见就遇见了，没有期待，遇见了就是惊喜。

16 美好

所有的美好都饱藏泪水

我们眼见到的一切美好，都各有因由。花之艳，果之硕，树之修，根之壮，都不能就事论事，只看表面。因果自在循环，一切恰到好处，无须声张。有些人喜欢感时伤逝，仿佛世间所有的美好都系于“时间之枝”上。其实，我们即时能体验到的美好是个空间分布的概念，而过去的美好只是记忆，未来的美好只是展望，对人生发展并无多大助益。不仅是无多大助益，过分沉湎过去的美好，或将未来虚拟得过于美好，将是非常危险的事情。即使从时间轴上看，美好也是顺着人生进程逐步展开的。花有百卉，树有百态，春花烂漫最美，老树昏鸦也自是一种韵致。

心眼

心眼睁着，你怎能睡着？心有异想，心有旁骛，会使我们精神涣散。心过于阴暗，过于狭隘，过于琐碎，同样会闭合心思进行能量交换的通道，使心花难以盛开，更体验不到什么是心花怒放。

肉眼盯着一个东西的时候，心眼也注视着这个东西，或者注视着另外一些东西。

当闭上眼睛的时候，心里敞亮起来。

这种现象，是不是很有趣？

心难静的原因，就是心眼还睁着。

天眼都闭上了，我们的心眼还睁着。

天眼都懒得再瞅我们一眼了，我们还自作多情地每日三省吾身，一刻不停地打量自己。

过度地自我思维，过度地自我省察，这就是内心变得嘈杂、难得清静的原因。

如果不能设法抑制思想，使自己安静下来，那么内心里混乱不堪的局面就会继续下去。

没有发泄就没有宁静

别人都敢惹你生气，你还有什么不好意思发泄的呢？适人、适时、适度、适量地情绪宣泄是必须的。当然，你不可能一下子就学会很好地生气，还要走好长一段不会生气、忍辱负重的路。这些委屈、愤怒、无奈，都会愈合、消弭成长的痛。

几乎所有我喜欢的物件，它们全都那么安静。

它们全都是从不干扰我，只默默陪伴我的亲人。

岁月很静，像一只乖顺的猫，只是我们心中的不安，惊扰了这个世界。

宁静无须你去寻找，等你气定神闲、心旷神怡后，自会到来。

没有发泄就没有宁静。

所以，宁静之前，有时确实需要发泄一下。

雨霁、风吹、云散之后，便是阳光明媚的好天气。

这正如发泄或倾诉之后，换来的是宁静、平和与喜乐。

幸福从不言语

在几乎所有正向的情绪之中，幸福是最为安静的。幸福不但不喧哗，而且无杂乱的背景声。这保证了幸福纯正的品位，以及完整地被受众吸收。

我喜欢一切形式的静，诸如安静、宁静、平静、幽静，甚至“肃静”也在我喜欢的清单上。

当进入自己或别人的心灵密室，请保持安静。

有一种关注叫“安静相守”，默默地欣赏，不给人丝毫压力。

幸福从不言语，只是在心中静默地流淌。

只有不幸福的人才会唠叨幸福，成天将幸福挂在嘴巴上，而不是用心去体验。

幸福一直在安静守候，等你在每一个病愈时分。

只要心静，人生处处是胜境。

欣赏是一种德行

德国教育家第多斯惠说："教育的本质不在于传授知识的过程，而在于唤醒、激励和鼓舞。"欣赏一个人，是对被欣赏者的一种滋润。假以时日，你欣赏的地方能开出花来，结出果来。

学习发现与欣赏美，学会感受并感恩爱，是一切学习中最重要的学习。

我喜欢平和而又安静的人。我喜欢这样的人，因为在他们的平和中有智慧，安静中有喜乐。

我还觉得，一个人性情有多柔和，心境就有多宁静。

柔和与宁静，调和成生命的圆润。

我相信：懂得欣赏每一个人，是一种德行。懂得从每一个人身上吸收优点，是一种智慧。

居心叵测的人才会每天嘀咕别人的阴险与恶毒，蠢货才会紧盯着别人的短处与不足。

美好是对欣赏者的回馈

欣赏是对被欣赏者的爱戴与慈悲。对于欣赏者而言，也收获了功德无量。欣赏扩大了版图，圈进了更多的美好，这同时也是对欣赏者最好的回报。

对任何人、任何事都不要持一成不变的想法，因为一切都变化着。

其中，有些变化还可能会悖逆你的想法。

这个时候，你若不再及时发掘这些人与事新的闪光点，你就会腻烦。

一个人所做的事情，心里还是希望有人来欣赏的。这种欣赏不仅是对事情的肯定，更是对自身价值的认可。

美好是对欣赏者的回馈，而不是用来显摆或炫耀。

显摆或炫耀只会使美好的一切变得肤浅、势利与丑陋，变得不再美好，无人问津。

默默地欣赏一个人，你甚至不需要任何言语，就会源源不断地给他动力。

“美丽新世界”

人虽然充满劳绩，但仍然能够“诗意地栖居在大地上”，得益于人独一无二的思想力和精神力。精神生活以盎然的斗志战胜了现实生活中的艰辛与无聊，点燃了生命之烛，使我们能更细腻地发现美好。

我们或许没有能力使现实生活变得多美好，但这并不妨碍在内心为自己建立一个美丽新世界。

这样一个精神层面的美丽新世界，不知比现实生活美好多少倍。

内心装着美好，周遭就可爱起来。心情好的时候万物皆美，保持好的心情就能赢得整个世界的美好。

珍惜美好的人或事物本身就是一种愉悦。只要你本着欣赏的态度与美好的人或事物在一起，就能受到良好的熏陶，整个人就会健康、朗润起来。

总有一种美能直达你的心底

古罗马普洛丁在《论美》中说："贞洁端庄是内心的美，没有这种美，肉体多美也不算美。"肉体美当然也是美的，但糅合了内心的美，并化作眸子里的温柔、面颊上的微笑、酒窝里的妩媚，才能打动人，酣畅直入心底。

每个人都有一个最佳的姿势与最美的姿态。

景色美不美与视觉有关，人美不美与感觉有关。

世界上美丽的东西都出自自己的眼睛，而美好的东西都源于自己的心灵。

外在的美丽浮浮其表，内在的魅力灼灼其华。

内在的美有一种神奇的力量，使人柔和、单纯、明亮。

有的美在于丰富，有的美在于简洁。有的美在于成熟，有的美在于单纯。

没有一种美是符合所有人的审美情趣的，但总有一种美能直入你的心底。

内在的美才一直低调生辉

大千世界的美无穷无尽，有自然之美、人文之美，有物性之美、生命之美，有外在之美、内在之美。人是属灵动物，最为宝贵的仍然要数内在的灵魂之美。灵魂之美，美在素朴。韩非子曰：“其质至美，物不足以饰之。”庄子曰：“素朴而天下莫能与之争。”

一切表面的美都经不住岁月的流逝，而只有内在灵魂的美才一直低调生辉。

如果心里没有美，你去哪里寻找美呢?

如果心里没有光热，你能为谁发光发热呢?

诅咒与恶行里没有幸福与美好，因为幸福和美好总是与善心、义举为伴。

一切高贵的美丽都是由内而外生发的。

高贵的美丽之中有谦逊、包容、温暖与随和的品质，散发出令人陶醉的芳香。

美好之毒性不易察觉

不少色彩斑斓的生物带有毒素，而这个世界上最具毒性的生物你可能都不曾听闻。洋地黄花色艳丽，嚼其叶片可致命。有一种毒蘑菇，有“死亡天使”之称。罂粟花在风中摇摆，更是美得令人心碎，却有“鸦片花”的别名。美好的人，美好的事，所有美好的一切，都可能隐藏着不为人知的毒性。

万事万物中均存在美，等着与有缘人的感觉碰撞。

大自然与人类社会中蕴藏的美，取之不尽，用之不竭，实在是令人目不暇接。

所以，只需敏捷地捕捉、快速地攫取，认真地品味，慢慢地消化，用力一点也不妨。

要善于用眼睛抓取美丽的事物，并像吸血鬼一样汲取美丽事物的汁液。

同样要以内心的慧眼抓取人的嘉言、优品、懿德，用于装备自己，滋养自己。

对美好的东西若不欣赏，那是对美好的不敬与藐视。

不过，对美好的东西不可贪婪。因为美好也有其毒性，而且其毒害是趁着一个人感觉良好的时候渗入的，不易察觉。

人们总是期待未知的美好

一些无因由的自信毫无根基，无知的人们却在其上建造楼阁。人总是容易忽略现时握得住的美好，盲目憧憬未来，就像是未知的世界里没有未知的不美好。

总是憧憬更好的藏身之所，却忽略了最适合自己的藏身之所，这是许多人容易犯的错误。

人们总是期待未知的美好，却未曾意识到过去的某段时光，甚至是现在其实已足够美好。

当我们醒来时，天使已飞过。我们总是容易因为自己的草率、随意和任性，与生命中最美好的东西失之交臂。

一些美好总是在快到手的时候隐匿不见。

所以对于“飘忽而过的云儿”，我已不心存念想，只静候有那么一朵碰巧闯入怀中。

我们总是去寻找，满世界寻找高枝大树，却很少会与那棵树长相厮守，在高枝上筑一个美丽的巢，又怎能将费力寻找的美好留住呢？

保持事物的“未完成态”

你若是懂得欣赏“断臂的维纳斯”的残缺之美，就完全能欣赏“未完成”的美好。事物一经完整，就是一览无余，也无处寄寓人更美好的想象。

对一件东西单纯地只有喜欢或者厌恶，就妨碍了对其完整性的认识。让生命向一切敞开怀抱，洞开心扉，完全接纳。

当我们不再做非此即彼的选择时，事物的完整性就展现出来。

做任何一件事情，我们当然希望将事情做成。有始有终，善做善成，是我们的职业理想。

但是，并不是什么事情都遂着我们的愿。没有人喜欢半拉子工程，更没有喜欢工程烂尾，但世事无常，人有不测，我们不愿意见到的，该来的还是会来。

尽管如此，还是顺其自然的好。这样，我们才能给我们的不甘和遗憾找到出口。

漫漫人生之旅中，谈崩了，散伙了，分手了，中断了，暂停了，终止了，取消了，撤回了，凡此种种，不圆满的事情多了去了。

难道所有的努力都不值得纪念，所有的过程都不美好了吗？也未必，关键是自己的心态。

保持事物的“未完成态”也不错。因为“未曾实现”，保留了想象中的美好和期待。

越刻意，越不完美

随意总是自在，刻意总是尴尬。刻意的完美总给人华而不实、矫揉造作的感觉。如同香脆可口的藕饼，胃口被藕里残留的沙粒所败坏。又如餐桌上逼真的塑料花，远看鲜艳娇嫩，掐一下才知道原来是假花。

生活中对完美的追求，我觉得应以自己为不为难、舒不舒服、自不自在为限。

刻意本身就不完美，越刻意，就越不是真实我。

只有真实我，才是自然的我。

所以要谨慎移植别人的性格。即使是优秀性格，都不要盲目效仿。适合他人的，未必适合自己。否则有可能弄巧成拙，或将自己整得面目全非。

大自然的美都是随意安排的，但随意之中包含的内在的规律，使我们赞叹不已。爱情的完满更是随缘而来，两个原本完全不相识的牵手同心了，这真是随意促成的奇迹。

完美并没有为幸福生活加分

“又一次感到没原因的累，又一次发现自己的卑微，又一次感到了对你的亏欠，命运不完美，命运不完美。”命运不完美，却硬逼着自己完美，可见“完美控”都是不讲道理的。“累”、“卑微”、“亏欠”，都是追求完美的过程中撞肿出的包，相当程度上是自找的。

完美者有一种永恒的担心，那就是特别害怕不完美。

正是因为担心做得不完美，我们将计划延迟执行。

后来，延迟变成了拖延。拖延时间越久，就越不想去尝试。

后悔模式随之开启，消极的自我对话完成了这样的循环：

“唉，这事当初真不该揽下来！”

“看，我知道我做不了。”

“我根本就不该揽下这档事儿！”

我们人为地为自己设立了一些不合理的高标准，想得很完美而不可能达到的时候，我们甚至都不想去尝试。在这种事情上，完美并没有为幸福生活加分。

对完美的追求会使我们更幸福吗？有时候答案可能恰恰相反。

低调之美

低调有大智慧，是一种安全的存在。大自然不乏低调之物，人世间不乏低调之人。然而，低调不是天生的，也不是一时一地装出来的，而是靠厚实的内功来支撑。一个人的知识、阅历、修养要达到一定的厚度时，才有资格说低调。

每一棵树都有它不屈的美，美在低调的昂扬。

唯有这样低调的不屈，才能蓬勃成一棵树。

不懂低调的妙处的人，自然也欣赏不了低调的人，更看不出低调的人心里的昂扬和激越。

低调的人往往内心更柔软，因为低调的人倾向于在一切事情上保持克制，一般不会做伤天害理之事，也不会将事情做绝对。

而将自己塑造得更柔软，就更容易感受到外界的美好，更耐受外界的刺激。

如果说低调是一种品质，柔软则近乎是一种力量。

不要拿过去的美好来自虐

有人抱怨，过去那么美好，现实如此残酷。其实，过去的美好不是平白无故的，一定有人为你辛苦为你忙，一定有人为了你生活得美好而将辛酸留给自己。

美好中找不到安全感，一切美好都是易逝的。

有些美好，那可以说是刻骨的美好。往往这种美好与创伤与遗憾杂糅在一起，可谓“美好成伤”。

美好挥之不去，每每忆起，每每有伤。

爱情越是美好，失恋之后，那记忆中的美好可就要了你的命。

逝去的美好经常被用来追忆或纪念，这实际上是一种尽管轻微却很持久的自虐。往事旧情常萦回纠结在心，影响了人的性格，使人失去了往日的凌厉与果敢，甚至还影响到人的辨识力，使人失去了往日的锐利与鲜明。因为你已弄不清楚那些美好，到底是好还是不好，幸福与痛苦的边界不再清晰。

莫若从未拥有

人不能与自己一拍两散，也不能同过去一刀两断。人既要对过去的债务买单，也要为透支的未来负责。

对于一部分人来说，他们的过去是一笔负债，因为在他们的记忆仓库中，充斥着负面的东西。

对于另一部分人来说，他们的过去是一笔财富，因为他存留下来的都是过去的美好，而对不美好已选择了失忆。

然而，这毕竟是我们的一厢情愿，实际上怎么可能呢？起码对于成年人来说，谁没有创伤，谁能一刀剜除痛苦的记忆。

人生所有的痛苦，或者不美好，都是人刻意排斥与拒不接受的结果。

如此看来，享受当下的美好，接受当下的不美好，才是正确的选择。人世有万般美好，但若是你拥有时不尽兴，那美好有什么用？与其患得患失，莫若从未拥有。

美好的感觉，与患得患失的心理基本上是同步萌生的。可见，美好的背面，也粘贴着等量的怕。越美好，越害怕失去。

有些人生性阴郁，看法悲观，好像他的人生辞典中没有收录“美好”这个词。他拥有得再多，你对他再怎么好，他都感觉不到开心。这种人往往有根深蒂固的负面思维倾向，离开他越早越好。

极致的美叫人心痛

“泪眼问花花不语，乱红飞过秋千去。”“江南画，鸳鸯瓦，弹指流沙，情字有多假？谁索谁年华。”所有的美好都是昨日重现，再灵动的语言也难以描述美好逝去的痛。

极致的美丽有一种神奇的功效，使人忘我，使人禅定，使时间与我一同消失不见，只剩下美丽本身。

无形之美引发幽思，有形之美引发迷恋。

无形之美使人心情愉悦，空气似乎也受到感染。但是，无形之美给人空落落的感觉，你想伸手去攥住却遍寻不着。不能眼见、手摸、身受，这是无形之美留给人们的最大缺憾。然而，正是这样，无形之美保有了它的想象空间。

对比之下，有形之美少了想象空间。人们更欢迎带给人真真切切、实实在在的有形之美，懒得去想象。

不存在纯然有形或无形之美，所有的美都已经搭配好了。有形之美总的来说是有限的，见审美高下的是无形之美，主要是情思之美、哲思之美。

极致的美令人震撼，使人折服，叫人心痛。往深里想，美好其实也是不好消受的东西，所有的美好都饱藏血泪。

不是痛苦将我填满，就是美好将我抽空。

美好的“因果律”

人不知因果，尚算不得自知。培根说：“懂得事物因果的人是幸福的。”知因果的人不会滥用美好，更不会糟践美好。

现实生活中的不美好，我可以毫不留恋地远离，而美好通常是自己无法控制又无力割舍的部分。长久沉浸在美好中的人，会慢慢丧失应对严酷现实的能力。美好是一种麻醉剂，需要引起警惕。

过去的美好又如何呢？

那些曾经的美好依然鲜活，给予我们密密麻麻的刺痛。尽管景异时移，记忆中的美好仍还来刺激我们的神经。

有时这种挑衅还很猖獗，但对此我们却无能为力，世间大部分美好，随着时间的推移与人心的浮变，都有可能变坏、变糟、变丑、变恶。

我如此幸运，或者如此不幸，轻易地就会发现美好的东西，轻易地就会被一些美好的东西所诱引、所迷惑。

似乎美好也有“因果律”，你当初享用了多少，最终必还回来多少。还回的方式是对逝去美好的不甘、懊丧和痛悔。

特别是在恋爱的时候，爱情生活创造出那么多的美好，有没有想过别人抽身而退的时候情何以堪？

你眼睁睁看着曾经的美好变得如此不堪，那又是一种怎样的心碎？

对美好的痴迷有风险

痴迷美好，容易迷失自己，生活开始变得没有方向。所有我们迷恋的美好，过去的是因为它早已终止，现在的是因为它正在激荡，但无一例外地终将平息。

美丽绵里藏针，天然暴虐，专门欺侮好色之人。

多情男子其实过得挺不容易的，更何况他们也不想多情。好色又如何？人家也不都是坏人。

因为多情，好色就没那么猥琐了。至少，人家是遵从感情，由心出发。

对美好的痴迷有风险，这很可能是一切烦恼与不幸的源起。

特别是两性之间互动引发的美好，其风险性更为突出。对于男人来说，多情也好，好色也好，都暗藏风险。多情而又好色，则是双倍的风险。

对于女人来说，上帝煞费苦心创造出这样令人赏心悦目的你，美丽是一种幸运，不将美丽奉献给世界是一种遗憾，也是一种资源浪费。当然，女人呈现自己的美丽时，同时呈现出来的，还有比美丽更致命的性感，这种呈现自然也有风险。

而且，女人若是蓄意勾起男人的情欲，却又拒绝满足他。我不知道这种呈现是否道德。

不管怎样，对于每一位将美丽无私奉献出来的女子，男人都应心存敬重与感念。

美是一切，一切是美

美是什么？美是莫奈的晚餐，莫奈的印象画，还是莫奈的花园？美丽与否看你用什么来体会美，侧重用味蕾，用心，还是用视觉。有人更喜欢莫奈的花园里的花团锦簇，也有人更喜欢花园里层层叠叠的迷人香味。

自然界中最美好的事物都是自然呈现的，人类社会的一切美好却需用心营造。

美的第一品质是真实。虚饰像是帮衬了美，实则是污损了美。

美的第一要素是干净。美其实并不排斥丑，但绝对排斥污秽。

人们对美的定义不同，审美不同，审美体验自然也不同。有的人认为清瘦是美，有的人觉得丰腴是美。有的人认为质朴与简洁是美，有的人觉得繁复与丰富也是美。

不管是那种美，对于一个包容、开放的人来说，美是一切，一切是美。

因为他不再有分别心，不再厚此薄彼。

别顶着，别拧着

墨子云："甘瓜苦蒂，天下物无全美。"淮南子云："嫫母有所美，西施有所丑。"淮南子又云："佳人不同体，美人不同面，而皆悦于目。"察生活如品美女，如是观之，步伐从容，心自娴静。

对于我来说，生活中最不可缺的，是静。

我喜欢各种静，几乎所有带有静的词我都很喜欢。无论是前缀还是后缀，只要有这个"静"字。

迈着从容而不紧张、悠缓而不凌乱的脚步，静姑娘才会愿意与你同路。

然而，在一个物欲横流、急功近利的社会里，处静并不容易。那么多不公平，那么多弱者，那么多冤屈与不堪，你怎能充耳不闻、视而不见？

面对金钱的势利、权力的嚣张和人性的沦丧，我们想振臂一呼，可应者寥寥。经济发展如此迅猛，生活节奏如此之快，各人在忙着各人的事情，对此我们心生不满，而又无能为力。

可也不能老是与这个社会顶着、拧着，不能跟什么事、什么人都较上一场劲。或许，我们可以做的，是勿忘初心，继续前进。

要相信心中的美好，要相信安静和坚守的力量。

所有的存在都是“幸存”

蒙田认为，生命是一项不尽平衡的、没有规则的、变幻莫测的运动。罗兰的观点与其相左，他认为生命是无尽的享受、永久的快乐、强烈的陶醉。诺曼·卡曾斯说：“生命是一支越燃越亮的蜡烛，是一份来自上帝的礼物，是一笔留给后代的遗产。”生命到底该怎么使用，生活到底该怎么过，没有人能真正说清楚。

我喜欢看春天的雨丝，春天的雨丝能穿针引线将大地织成一片锦绣。

我也喜欢观察风逐着风，雨点打着雨点，一片叶子覆盖另一片叶子。天生万物，相互倾轧，无序竞争，却又相互温暖，彼此惺惜。

这都是美好吗？我不能确定。唯一能确定的，是所有的存在都是一种幸存。

无论发生什么，我们都要热爱生命，热爱美好，热爱光亮。

我们要像向日葵那样爱着太阳，即使默默相望也要朝迎暮送。

我们要像向日葵那样爱着太阳，即使佝偻老迈，也要将果实填满人生的每个格子，并尽量做到颗粒饱满。

还要真心实意地感谢每个陪伴过我们的人，无论你人在何处，心向何方。

感谢陪伴过我们的人，将一生最美丽的时光织进了我生命的锦缎。

图书在版编目(CIP)数据

看得见的幸福，未必恰到好处 / 安子著.
—北京：中国致公出版社，2017
ISBN 978-7-5145-1035-5

Ⅰ. ①看… Ⅱ. ①安… Ⅲ. ①随笔—作品集—中国—当代
Ⅳ. ①I267.1

中国版本图书馆 CIP 数据核字(2017)第 101956 号

看得见的幸福，未必恰到好处
安子　著

责任编辑：何江鸿
责任印制：岳　珍

出版发行：中国致公出版社 China Zhigong Press
地　　址：北京市海淀区翠微路 2 号院科贸楼
邮　　编：100036
电　　话：010—66168543(发行部)
经　　销：全国新华书店
印　　刷：北京温林源印刷有限公司
开　　本：880 毫米×1230 毫米　1/32
印　　张：7.5
字　　数：192 千字
版　　次：2017 年 7 月第 1 版　　2017 年 7 月第 1 次印刷

定　　价：36.00 元